刀語
カタナガタリ

第七話

悪刀・鐚

西尾維新

BOOK & BOX ORIGINAL DESIGN by VEIA

刀語

カタナガタリ

第七話

悪刀・鐚

插畫：竹
書法：平田弘史

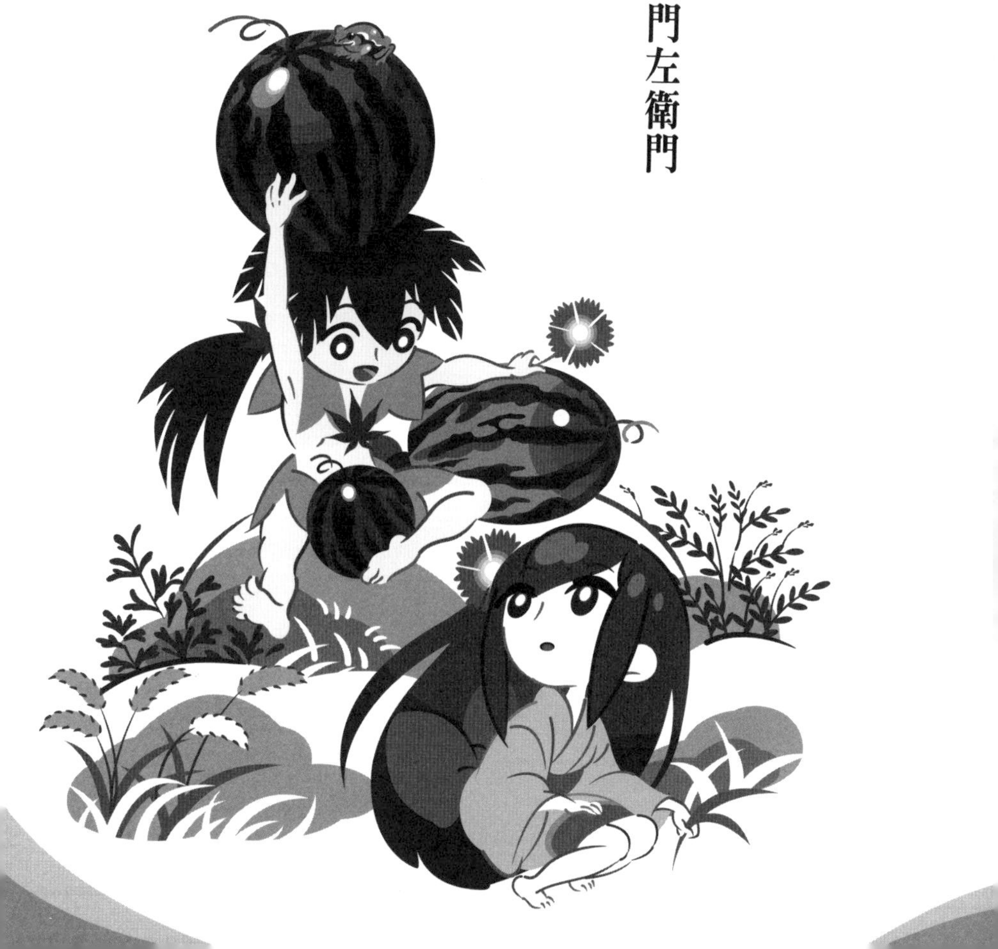

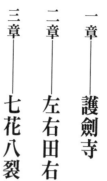

序章

■

■

那約是一個月前之事。

當時航行於日本海上的家鳴將軍家尾張幕府直轄預奉所軍所總監督奇策士咎女與虛刀流第七代掌門鑢七花終於察覺他們所乘的船並非駛向尾張，而是開往蝦夷——平心而論，這兩人著實是後知後覺，麻木不仁。

事情便是發生於陸奧死靈山。

死靈山與奇策士咎女、鑢七花二人隨後前往的蝦夷踊山及江戶不要湖並列為一級災害區，其時正有一名女子神態慵懶，孤身佇立於山巔之上。

非也——

其實這名女子並非孤身一人，而是站著的唯有她一人。

其餘在場的百來個白衣人或臥或仰，盡數倒地不起。

這些白衣人便是死靈山神衛隊。

死靈山神衛隊歷史悠久，與出雲的護神三聯隊齊名；他們乃是個獨立軍團，和周圍的大名、幕府不相往來，獨自居住於寸草不生的荒山之上，只為保護一級災害區死靈山。

如此威名赫赫的軍團，竟在轉眼間全軍覆沒。

而擊潰他們的女子——

「……唉！」

又懶洋洋地嘆了口氣。

她是個適合嘆氣的女子。

身著白衣的神衛隊便如海外童話裡的麵包屑，散落於她所經之處，但她連瞧也不瞧上一眼。

她眼裡望著的是蓋在死靈山山巔之上的小祠堂，以及祠堂之中供奉的刀。

「……這不像刀，倒像——」

女子輕聲低喃。

「……也罷，感覺上便是它，應該錯不了吧！……不過也未免太可憐啦！居然被當成神明似地供在這種地方——簡直和我一樣。」

她伸出手，輕觸祠堂。

不過是輕輕一摸，祠堂便如被火藥炸開一般灰飛煙滅，只留下供奉於祠堂之中的刀一把。

「嗯，很好，挺合我的意。之前那把雙刀『鎚』不怎麼合手，可這把不但輕，大小又適中……嗯，好——不，該說是壞吧？」

女子格格笑了起來。

「畢竟這可是惡刀『鐚』啊！」

人說傳奇刀匠四季崎記紀乃是戰國時代實質上的支配者，他所打造的刀被稱為變體刀，或令人畏怖，或受人膜拜；而眾多變體刀之中，又以十二把完成形變體刀最為特出。

惡刀「鐚」即是十二把完成形變體刀之一。

「好啦！依咎女姑娘所言，四季崎記紀的每一把變體刀都有個特質；絕刀『鉋』特別硬，是『堅韌』……之前的雙刀『鎚』則是『重量』……那這把惡刀『鐚』又是什麼？」

女子目不轉睛，上下打量，仔細端詳。

她睜著一雙美目，凝神定睛，瞧著坐鎮於祠堂碎屑之上的刀。

見——視——觀——診——看。

那眼神便如觀察，又若診驗。

「……嗯，原來如此，我懂了。」

不久後，她喃喃說道：

「看來這把刀的確適合我。刀不選擇砍殺的對象，卻選擇主人——照這個說法，我是被這把惡刀給選上了？好得很——不，壞得很。」

說著，女子伸出了手，若無其事地拿起刀。

那刀便如方才女子所言，並不適合以刀相稱；至少一般日本刀絕不是生得如此模樣。

那刀並不像刀，倒像是忍者的兵器——苦無。

四季崎記紀是個不拘形式的刀匠，他所造的刀向來沒有固定的形狀。賊刀「鎧」與雙刀「鎚」便是個好例子。

這把刀雖然生得與苦無無異，卻還是把不折不扣的刀。

她感覺得出來。

這把宛如為她的纖纖玉手量身打造的小巧刀劍，乃是一把不折不扣的日本刀。

「好啦……禮物也張羅好了，該去找七花了。說歸說，不知道那孩子現在人在何處？也罷，經我上個月和這個月這麼一鬧，他們也該聽見我的風聲了……只要我找個醒目的地方等著，他們自會來尋我。七花倒也罷了，咎女姑娘定會找上門來。」

女子又略微思索。

「待我想想……劍客的聖地——護劍寺，倒是個妥當的地點。那個地方好認，便是我這個路痴也到得了，還可趁此機會附庸風雅，來趟『清涼院巡禮』。俗話說擇日不如撞日，這就上路吧！」

女子手裡拿著苦無，轉身折回來時路，對於遍地的白衣人仍是瞧也不瞧上一眼。

此時，有一隻手抓住了女子的腳踝。

抓住她的是一名倒臥在地的白衣青年；說來也玄，此人居然神智清醒，尚有餘息。若是他乖乖躺著，便能逃過一劫；但他為了完成死靈山神衛隊的使命，卻斗膽伸手抓住了女子的腳踝。

「慢……慢著。」

青年說道：

「求……求求妳，別拿走那把刀……這座山需要那把刀……有了那把刀，方能保住死靈山……」

「…………」

女子轉過頭來，看著虛弱無力地抓著自己腳踝的青年，卻一句話也沒說，只是靜靜地望著他。

「我、我這麼說不光是為了自己……也是為了妳著想……那把刀不是區區一個人類所能使得……在四季崎記紀的諸多變體刀之中，那可是最為凶惡的一把啊！」

青年使盡最後的力氣，說道：

「求、求求妳……其他東西隨妳拿取，唯獨那把刀——」

「…………」

聽了青年的懇求，女子深深地嘆了口氣。

她瞇起眼來，以冷酷非常的眼神望著他。

「誰准你觸碰我的肌膚？路邊的野草！」

她舉起未被抓住的另一隻腳反覆踐踏青年的腦袋，完全不顧對方作何反應。

「野草！」

不消片刻，白衣青年的腦袋便潰不成形，化為一灘血肉。

白衣青年的手仍抓著女子的腳踝未放，只見女子無情地輕擺腳踝，將他的手指甩開，接著又若無其事地邁開腳步，並不在乎草鞋上的斑斑血跡。

這座山上，已無人能阻擋她。

不。

不光是死靈山，只怕找遍全日本都找不著能夠阻擋她之人。早在二十年前年僅七歲之時便已成為日本第一高手的她，正是兩個月前擊敗當代第一劍豪錆白兵，年方二十四便接收了日本最強之名的鑢七花之姊，鑢家家長鑢七實。

鑢七實體弱多病，卻是個不世出的天才；她擁有包羅萬象的「眼力」，為虛刀流史上的異刀。

她在四月格殺了真庭忍軍十二首領——真庭蟲組的真庭蝴蝶、真庭蜜蜂、真庭螳螂三人，在五月滅了蝦夷踊山上的凍空一族，又在六月滅了陸奧的死靈山神衛隊，奪取惡刀「鐚」。

如今她一路直往四國，為的便是去會她的弟弟——

會她最疼愛的弟弟。

「半年不見了，但願他有點兒長進……呵！眼下我心情頂好——」

這個體弱多病的天才全然不顧遍地的白衣人，逕自大步向前。

「——不，該說心情頂壞才是。」

她露出不懷好意的笑容，喃喃說道。

■ ■

諸位看官期待已久的姊弟對決即將開始！

鑢七花對上鑢七實，現任日本第一高手對上前任日本第一高手！

虛刀流第七代掌門可能勝過姊姊？

體弱多病的天才可能擊敗弟弟？

兩大高手即將過招！

武俠刀劍花繪卷。

偏激，感激，時代劇。

刀語，七花與七實的第七卷，於焉展開！

一章 護劍寺

■ ■

說到土佐鞘走山清涼院護劍寺，可是無人不知、無人不曉的聖地，每年都有成千上萬的劍客千里迢迢地前來四國參拜，進行所謂的「清涼院巡禮」。

這個聖地的象徵刀大佛，乃是橫掃戰國時代，統一天下的舊將軍頒布獵刀令所鑄成。

獵刀令在天下統一不久後問世，旨在蒐羅全國各地的刀劍；靠著這道法令集得十萬把刀鑄成的大佛可謂劍客的靈魂，不知有多少劍客為了一睹大佛的風采而前來土佐。

雖然舊將軍聲稱大佛乃是為了紀念戰亂終結及祈求和平所建，其實後世之人都知道他是別有居心——不，早在當年，舊將軍的企圖便已是眾所皆知。

為了防止外人奪權而獵劍客。

為了杜絕劍客而獵刀。

一統天下的舊將軍雖然達成了表面上的目的——建造大佛，卻未能達成杜絕劍客的目的。

然而，唯有少數人知道連獵劍客都只是個幌子。

舊將軍獵刀，表面上是為了建造大佛，暗地裡是為了獵劍客，其實他真正的目的——

卻是蒐集四季崎記紀之刀。

舊將軍痴迷狂瞽，竟妄想集齊支配戰國的傳奇刀匠所鑄的千把變體刀。

他的企圖可說是為山九仞，功虧一簣。連同原本擁有的變體刀，舊將軍共集得了九百八十八把刀，自然可謂是為山九仞；然而他費盡心機，卻得不到餘下的十二把。

無論舊將軍頒布幾重律令，發動多少大軍，縱能查出刀為誰所有、所在何處，仍只能望刀興嘆。

說來也是理所當然，那十二把刀乃是四季崎記紀眾多變體刀之中的上上之作，豈能輕易奪得？據說舊將軍集得的九百八十八把刀不過是這十二把完成形變體刀的試金石罷了。

其後，集刀失敗的舊將軍元氣大傷，逐漸失勢；由於他未有子嗣，便由現在的家鳴幕府接收了他的權勢。

饒是如此，坐擁刀大佛的護劍寺仍舊是劍客的聖地，至今未變。

■ ■

習劍乃是護劍寺僧修行的一環——不，甚至該說寺僧習劍正是護劍寺最大的特徵。護劍寺流劍法不愧是聖地所傳的劍法，素以天下無敵聞名，每年前來參拜的香客之中總有幾成出家，只為拜入門下；然而護劍寺流門窄牆高，唯有萬中選一的良材方可學習本門劍法。一些打著拆招牌主意前來挑戰的毛頭小子被打得落花流水、逐出門外的光景更是司空見慣。

護劍寺僧約有兩百名，全以劍為兵刃。

一般僧兵大多使槍，不過護劍寺裡的兵刃除了刀劍，自是不作他想了。

七月下旬，光天化日。

護劍寺內共有五座道場，位於最西端的乃是第五道場；其時第五道場之中共有四人，這四人並非修行中的寺僧，全是與護劍寺無干的外人。

其中一人身著法衣，雖然穿戴得歪七扭八，不甚合襯，但那溫雅柔弱的美貌卻足以壓倒眾人。

冰冷的雙眸，晶瑩剔透的肌膚。

她正是鑢家的一家之主——鑢七實。

站在她正面的，則是個上身赤膊、腳穿寬口褲，高頭大馬卻一頭亂髮的青年；他平時穿戴的護腕及草鞋俱已脫去，顯然已進入備戰狀態。

他便是虛刀流第七代掌門——鑢七花。

一個是姊姊。

一個是弟弟。

姊弟倆睽違半年之後，於護劍寺道場之中重逢。

二人俱是手無寸鐵，然而虛刀流所傳者乃是不使刀劍的劍法，是以他們雖然赤手空拳，卻與攜刀帶劍無異。

七花擺出了第七式「杜若」。

七實並未擺出任何起手式。

不，七花對姊姊的「起手式」瞭若指掌；那是「不擺架勢」的「起手式」，本來並不存在於虛刀流之中的第零式「無花果」。此招乃是鑢七實獨創的起手式，七花下盡苦功仍學不會，因此更明白其可怕之處。

七花連眼也不敢眨一下，全神貫注地凝視七實，以免錯過她的一舉一動；而七實亦以冰冷的眼神望著七花。

她觀察診驗著弟弟，看他在這半年來改變多少，成長多少——墮落多少。

「…………」

「…………」

牆邊有兩人觀戰——其中一人不消說，便是幕府直轄預奉所軍所總監督奇策士咎女。留著一頭白色長髮的奇策士穿著與寺院格格不入的錦衣華服，倚在牆邊，看著她的寶刀鑢七花與其姊鑢七實劍拔弩張。

此時，咎女低聲呼喚身旁的男子：

「右衛門左衛門兄。」

那名男子——右衛門左衛門亦是全神觀戰，聽見咎女呼喚，方才將視線轉向她。

右衛門左衛門乃是個身形修長的男子，雖然衣裝不若咎女奢華炫麗，卻仍是一般地與寺院格格不入；不，或許該說與這個時代格格不入。

他的上下半身穿的俱是西裝，進道場時脫下的亦非草鞋，卻是皮靴；而最為奇異者，莫過於遮住了上半張臉的面具。

那面具上大大地縱書了二字：「不忍」。

「何事？奇策士大人。」

右衛門左衛門說道，亦是低聲說話。

「爾的任務是領我們來此，如今任務達成，儘管離去無妨。爾的寶貝主子還在尾張等著吧？」

「『不勞』——不勞奇策士大人掛心。我可沒這般清心寡欲，捨得錯過如此一齣好戲。還是怎麼的？奇策士大人——莫非我留下來觀戰，於妳有所妨礙？」

「豈會有所妨礙？」

咎女滿臉不快地蹙眉，回道：

「無論爾或爾的寶貝主子做什麼，都礙不著我。只是瞧爾等如此悠閒，教我忍不住擔憂起稽覈所的前途罷了。」

「『不消』——不消奇策士大人操心。我留在此地，亦是執行任務。就近觀察奇策士大人的寶刀，亦是我分內的差事。」

「…………」

嘖！咎女毫不遮掩地彈了下舌頭。

然而她未再多置一辭，將視線移回道場中央的兩人身上。

咎女與右衛門左衛門雖是低聲交談，但廣大的道場之中並無阻隔，談話聲自不免傳入了七實與七花耳中。

七花聞言仍是文風不動，然而七實卻嘆了口氣——

「……唉！」

她依然如此適合嘆氣。

「七花，別淨杵著。你瞧兩位觀眾都不耐煩，開始閒聊起來了。老是這麼大眼瞪小眼不是辦法，你也該進招了吧？」

「……姊姊，妳老是這樣。」

七花回道，仍維持「杜若」的架勢。

「說起話來總是高高在上。是啊！姊姊是很厲害，可我這半年來也不是在玩耍，不會重蹈去年的覆轍。」

「哦？」

七實微笑。

她原本便無架勢可維持，不過臉上的神色倒是緩和了幾分。

「是啊！我瞧著你的模樣便明白了。不過我還是問上一問吧！這半年來，你有何成就？」

「我先在因幡沙漠和一個名叫宇練銀閣的劍客交手。他的拔刀術奇快無比，根本瞧不見劍痕。」

在七實詢問之下，七花娓娓道來。

「接著又對上出雲的敦賀迷彩。她師承千刀流，武功與虛刀流有相通之處，頗為棘手。再來還是個劍客，錆白兵……他是日本最高強的劍客，雖然歷經一番纏鬥，最後仍舊是我贏了。」

「哦！」

七實並無讚嘆之意，只是隨口附和：

「這麼說來，現在的日本第一高手就是你了？」

「沒錯，所以一路上有不少人前來挑戰——也罷，這些就別算進戰績裡頭了。接下來的大戰對手則是薩摩的校倉必，他素以防禦力天下無雙自詡，卻還是被我給打敗了。最後是凍空粉雪，她雖是個小女孩卻力大無窮，可我依然贏得毫髮無傷！」

七花在生死決戰之際，竟對姊姊撒了謊。

然而七實不愧為人姊。

「今日扯小謊，明日便成盜賊！」

她一眼看穿七花的謊言，毫不容情地揭破了。

「我只消瞧你一眼，便知你的左臂最近受過傷，八成是被最後那位凍空粉雪姑娘所傷的吧？不過……看樣子已經痊癒了。」

「……總歸一句——」

七花被白了謊，似乎有些尷尬，聲音上揚了幾分；然而他並未因此洩氣，仍向著姊姊說道：

「我已非昔日的吳下阿蒙啦！現在的我，比起去年和姊姊初次交手時可要來得厲害許多。若是姊姊太瞧我不起，只怕會鎩羽而歸。」

「鎩羽而歸？」

聞言，七實偏著頭問道。

「說什麼傻話？我不是說過要一決生死麼？你該抱著殺我的決心上陣才是啊！」

「殺姊姊的決心……」

七花面露猶豫之色，令七實頗為不快。

「你的心腸果然變軟了。」

七實說道。

「心——心腸變軟了？」

「打一開始我就擔心了。唉……是誰造成的？宇練銀閣……？敦賀迷彩？錆白兵？校倉必？凍空粉雪？」

七實橫眼瞥了牆邊的奇策士一眼。

「還是妳造成的？咎女姑娘。」

「…………」

咎女正面承受七實的視線，不避不逃，卻也不發一語。

「……有膽識。也罷。七花，我再說一次，這可不是練武，也不是比試，而是生死鬥——不是你死，便是我亡。我會抱著殺你的決心出手，你也得抱著殺我的決心進招。若是辦不到，起碼也得抱著死在我手下的決心上陣。」

「……少瞧不起人啦！姊姊。」

七花說道：

「我過去的對手確實沒一個強過妳，可現在的我卻比妳厲害。真要一決生死，死的鐵定是姊姊妳。」

「所以我才要你抱著殺我的決心出招啊！」

「若是姊姊乖乖地把四季崎之刀……惡刀『鐚』交出來，咱們就不用打了。只要妳把刀給了咎女，一切便結了，咱們姊弟倆何必大打出手？」

「傻問題。」

七實笑道，笑中帶著嘲諷之意。

「劍客與劍客對峙，豈有不交手的道理？」

「姊姊又不是劍客。」

「或許吧！」

七實踏出一步。

「我是刀。」

「…………」

「你就不是麼？七花。就是知道你需要交手的理由，我才特地找了把四季崎記紀的完成形變體刀來。『欲得刀』──『便得殺了我』，這道公式再好懂不過了。爹應該沒教你為了姊姊撇下主人吧？」

「……知道了。」

七花說道：

「我打就是了，後果如何我可不管！喂！咎女。」

「唔？」

七花突然呼喚，教咎女吃了一驚。七花對咎女說道：

「妳發個號令吧！我要重新來過。」

「是麼？」咎女回道。

其實咎女也和七花一樣，不知應否坐視他們手足相鬥，是以聞言略感遲疑，但最後仍是將手朝天舉起。

「比武開始！」

咎女高聲喝令，同一瞬間，七花亦朝著七實一直線疾衝而去。

不，其實正確說來，七花並非一直線移動。

七花所使的乃是由虛刀流「杜若」衍生而來的靈動步法，可緩可急，變換自如；在他欺到七實跟前之前，一共虛晃了二十四招。

七花與七實之間的距離不到五步，二十四招已是虛招的最大極限。

七花深知姊姊的厲害，是以全無輕慢之心，打一開始便全力以赴。

「七花。」

七實慢條斯理，並不把七花的攻勢當一回事。

「雖然現在正值生死交戰的關頭，我還是撥空指點指點你吧！你錯了。」

她的雙眼緊緊盯著七花，觀察他的一舉一動。

「第一……即使你在這半年來身經百戰，實力已在我之上，也占不到任何便宜。我這雙『眼』能夠包羅萬象，任你有飛天遁地之能，也會盡數化為我的本領。」

用。

鑢七實天賦異稟，獨創了「觀習」這門武功，能將所有看過的招式納為己用。

正因為鑢七實天資過人，其父鑢六枝才禁止她習武；然而她自創觀習這門武功之後，根本不需習武，只消看著六枝與七花練武，便學會了虛刀流所有招式。

鑢七實雖屬虛刀流，卻非虛刀流；雖非虛刀流，卻比任何人都有虛刀流之風。

她的一雙「眼」不光是能偷學武功，還能看透天地萬物；任何招式、任何動作、任何弱點，全都逃不過她的法眼！

「……哈！」

這一點七花自是心知肚明。

他打娘胎出生以來便與姊姊一起長大，豈會不知姊姊的雙眼有多麼厲害？他深知虛晃二十四招仍不足以騙過姊姊的眼睛，也知道這二十四招會被姊姊全數識破，無一例外。

豈止如此，七花的底子早被姊姊給摸得一清二楚。七實知道虛刀流的所有招式，比虛刀流史上的任何人都瞭解本門武功的表裡長短。

無論七花接下來使出何種招數，七實皆能應付——唯有一招除外！

便是虛刀流最終絕招——「七花八裂」。

此招雖然號稱最終絕招，其實不過是七花在半年前想出來的招數，毫無歷史傳統可言。

第一絕招・「鏡花水月」。

第二絕招・「花鳥風月」。

第三絕招・「百花繚亂」。

第四絕招・「柳綠花紅」。

第五絕招・「飛花落葉」。

第六絕招・「錦上添花」。

第七絕招・「落花狼藉」。

「七花八裂」便是結合上述七式絕招而成的大招數，而此招七實只看過一次！

七花所習的虛刀流招式之中，唯一可能管用的也只有這招「七花八裂」

了；而七花確信此招對七實必然奏效。

任憑七實如何天賦異稟、慧眼過人，又豈能從沒有弱點的招式之中找出弱點？

七花自創的這個招式，正是虛刀流的最終絕招！

「虛刀流──『七花八……』」

「第二……」

雖然七花正向自己出招，七實仍舊從容不迫地續道：

「現在和半年前一樣，你的武功依然遠不及我。」

咎女與右衛門左衛門占得了牆邊的特等席，得以就近觀賞現任日本第一高手與前任日本第一高手龍爭虎鬥，然而他們卻看得一頭霧水。

他們只看見七花正欲使出絕招，但接下來的片段卻好似被硬生生抽去一般，剎那之間發生了何事全不明白，唯一清楚的只有結果。

身長六尺以上的鑢七花居然嵌進了道場的天花板之中。

不知他這算倒仰或是俯臥？總之他臉孔朝下，背部整個塞進了天花板裡，將天花板撞得稀巴爛。

七花神智仍然清醒，一臉茫然地望著正下方的姊姊；但作姊姊的卻沒瞥上弟弟一眼，只是嘆了口氣。

「……唉！」

接著她手掌一拍。

這道擊掌聲自然不可能震動整個道場，然而七花卻應聲落下；只是七花身手果然矯健，在空中翻了數番之後，便以四腳伏地的姿勢安全落地，未曾發出半點兒聲響。

七花不愧是鐵打的筋骨，雖然撞壞了天花板，背上卻是毫髮無傷，只不過臉上依舊一片茫然。

「咦……？」

他喃喃問道。

「姊、姊姊——妳剛才做了什麼？」

「我做了什麼……你總不會不明白吧？」

七實若無其事地回答。

「我抓住你的褲頭，把你往上拋去——這並不是招式，純粹是蠻力罷了。」

「…………」

七花的確明白。

他和牆邊觀戰的咎女及右衛門左衛門不同，是當事人，心下自然明白，只是沒想到七實竟會出此招。

要論蠻幹招數，七花也使過，但那是七花才使得出來；七實雖然也是虛刀流門人，卻與七花大不相同，不但體格、氣力與奇策士咎女相距無幾，又兼體弱多病，根本無法與人爭強鬥勇。

七實全仗著她的天賦異稟來彌補病弱的身子，而她的天賦不但補足了身體上的殘缺，甚至綽綽有餘！

「少、少胡說啦！姊姊，妳哪兒來的力氣把我抛上去？」

「你這孩子當真蠢笨得緊。用不著你自吹自擂，我也知道你這半年來不是在玩耍；可是七花，我來這兒之前，可也不是淨在浪費光陰……你方才提過一名叫凍空粉雪的姑娘，是麼？既然如此，你對我這身力氣總不會毫無印象吧？」

「…………？」

「啊！」

七花聞言仍是不明就裡，但牆邊的咎女卻驚呼一聲，聲音大得連身旁的右衛門左衛門都忍不住回過頭來。

「七、七實——莫非是爾將凍空一族的村子——！」

「聰明，不愧是咎女姑娘。」

「七花，小心！七實奪了粉雪的天生神力——不，不是粉雪那般三尺童蒙，而是凍空一族成年人的天生神力！是她攻擊村子時學會的！」

「攻、攻擊村子？」

七花睜大了眼睛。

「怎、怎麼？粉雪的村子不是被雪崩壓垮的嗎？」

「山頂上哪兒來的雪崩？」

七實斷然說道。

「沒想到還有活口……也罷，看來刀平安到了你的手上，我就不計較了。咎女姑娘，妳說得沒錯，滅了凍空村的正是我。」

「……聽說妳也滅了死靈山。」

七花抖著聲音說道，似乎不敢相信自己的所聞所見。

「為何要滅村？」

「啊？」

「以姊姊的本事，不殺人也能奪刀吧？死靈山和這座寺院也一樣！犯不著趕盡殺絕啊！都是因為姊姊下這種毒手，粉雪才——」

凍空粉雪才落得孤苦無依。

「你在胡說什麼？七花。」

七實的語氣依舊決絕。

「不過是拔了幾根野草，有什麼好大驚小怪的？拔草是我的興趣啊！還是怎麼著？七花，你這把刀——難道還選擇砍殺的對象？」

「…………」

「咎女姑娘，我當初把七花交給妳，似乎是錯誤的決定——虧我如此信任妳。」

七實橫眼瞥了咎女一眼。

咎女並不畏懼，反口駁斥。

「爾這話說得可不對了。我高興如何用刀，是我的自由——不是麼？」

「那倒是，是我無理取鬧了。」

教人意外的是，七實竟輕易退讓了。

「閒話休說，七花，就是這麼回事。來到這座護劍寺前，我也經歷過不少硬仗，不再是半年前的我了。真庭蟲組的諸位好漢、凍空一族、死靈山神衛隊，還有護劍寺寺僧——我和各門各派的人交過手，而且靠著這雙眼吸收了他們的所有本領。」

七實說道。

「姊姊，妳也和真忍交過手……？」

七花吞了口口水。

真庭蟲組……八成便是真庭鳳凰所說下落不明的真庭忍軍十二首領之三——真庭蝴蝶、真庭蜜蜂及真庭螳螂。

換句話說，眼下七實不光是劍法，連忍法也學會了。

「豈——豈有此理！」

這樣豈不是所向無敵了？

七花緩緩起身，心裡暗自咕噥。

「觀習也該有個限度吧！姊姊，為什麼連力氣都能奪啊？」

「你問我，我問誰？能奪的便是能奪。我稍微整治了五臟六腑，便使得出這股神力了。若要勉強找個解釋，或許凍空一族的神力和你那身橫練筋骨而生的力氣不同，是種天生的能力，所以能奪。當然，這世上也有我不能奪的能力。」

七實說道：

「至於你的『七花八裂』嘛，看過一次也就夠了。」

「…………」

「不過弱點倒是待我親自使過一次之後才發現的。」

「弱——弱點？」

「你果然沒發現。你可真是僥倖啊！七花。之前你碰上的敵手盡是些武功不濟的三腳貓，才沒看出這麼明顯的弱點。」

「……弱點……什麼弱點？」

不錯，方才的現象並非凍空一族的神力便能解釋。早在七實展露神力之前，七花便已使出了虛刀流最終絕招「七花八裂」。

「本來我便是為了指點你而出島，不過見了你的窩囊樣，我改變主意了。我才不告訴你呢！自個兒去想吧！」

說著，七實垂著雙臂，依然維持著虛刀流第零式「無花果」的無為架勢，大剌剌地走向七花。

「唔……」

七花連忙擺出第一式「鈴蘭」迎戰，卻難掩焦躁及動搖之色。

七實見狀，又嘆了口再適合她不過的氣。

「放心吧！說來是我太孩子氣，竟要逼現在的你和我一決生死。現在的你連站在我跟前的資格都沒有。比起半年前，你是有點兒長進；不過要應付現在的你，用我一根小指頭也就綽綽有餘了。」

說著，七實豎起右手的小指，逼近七花跟前。

「………………！」

聽了這番挑釁——不，聽了這番侮辱，七花怒髮衝冠。

這番話不光是侮蔑了七花，還連帶藐視了七花交手過的變體刀之主——真庭蝙蝠、宇練銀閣、敦賀迷彩、錆白兵、校倉必及凍空粉雪等人。

即使七實是自己的姊姊——不，正因為七實是自己的姊姊，所以七花更是不能饒恕她這番話！

「妳的大話說夠了吧！」

然而七花一動怒，便正中七實的下懷。

七花按捺不住，卸下了誘敵起手式「鈴蘭」，直攻七實。七實動作素來溫吞，本就教人耐不住性子；七花明知姊姊的把戲，卻禁不起激，貿然出手。

七花太嫩了。

七實只消瞧上一眼，便知道七花仍然未改他莽撞的脾性。

「虛刀流——『雛罌粟』至『沉丁花』混合連打！」

這回可連七花自個兒也不明白自己中了什麼招式了。

中招的七花莫名其妙，牆邊觀戰的咎女及右衛門左衛門自然更是一頭霧水。

只聞一陣拍打聲霹靂啪啦地響起，不消片刻，七花便砰一聲倒在地上。

這回可不用懷疑，他確確實實是倒仰的。

七實踩住七花的肚皮，說道：

「……順道一提，方才那招乃是應用忍法足輕而成的招數。」

方才那陣掌打招招打中了七花，但七花卻神智清醒，毫髮無傷，只是倒在地上而已。

「每一掌我都卸去了勁道。若是我有心殺你，你在倒地之前早已死了二百七十二回。」

「…………」

七花神智清醒，卻說不出半句話來；因為他無法相信眼前的狀況。

死了二百七十二回。

七實總不會實際去數出了幾掌，但她既然敢這麼說，便表示她出的掌至少有這個數目。

七花不由得毛骨悚然。

「……怎麼了？七花。」

七實將腳從七花的腹肌上移開。

擔任公證人的咎女未發一語，但只要是明眼人，都看得出這場比試的勝負已分——不，這究竟稱不稱得上是場比試還是個問題。雙方實力相距太大，根本無從比較。

七花要和七實一決生死還太早了。

不錯，便和去年不承島上姊弟交手時一樣。

「有話但說無妨。」

「……姊姊，妳說謊。」

七花終於開了口。

「說什麼『用我一根小指頭也就綽綽有餘了』？」

「那是你聽錯了，我說的是『不用我一根小指頭也就綽綽有餘了』。我的確言行一致，沒用這根小指啊！」

「…………」

瞧姊姊說得毫不慚愧，七花也無心追究了。說到底是七花太過魯莽，才會被七實的三言兩語激得怒火橫生。

七花也不去譴責七實，反正已經無關緊要了。倒是有件事他問不可。

「姊姊，方才那招是怎麼回事？」

「什麼？」

「別裝蒜了。要一口氣連續使出『雛罌粟』到『沉丁花』之間的所有招式，哪有那麼容易？更何況妳的身子虛弱，沒氣力，豈能連續擊出二百七十二掌？」

「哦！原來是這件事啊？」

七實恍然大悟地點了點頭。

「是啊！也難怪你懷疑。我的雙眼雖然厲害，可也不能偷取『健康』啊！」

「…………」

鑢七實天生體弱多病，體力不足，氣力不繼，可謂是這個天才唯一的弱點。

「就是這麼回事，七花。」

說著，七實拉開法衣，與七花一樣裸露上身。

只見一副纖柔削瘦、骨骼分明的蒼白身軀展露於七花等人的眼前。

在那應年齡隆起的雙乳之間插著一把苦無，直貫心臟。

「啥……！姊、姊姊！」

「別大呼小叫的。這正是四季崎記紀所造的十二把完成形變體刀之一──惡刀『鐚』的正確使用方法。將這把帶電的苦無充作電極，插入身體，便能強制治好我的病。」

強制活化人體──這便是惡刀的功效！

祛除苦痛，治療疾病！

雖說「苦無」字面上確有化苦為無之意，但能祛除盤據於鑢七實體內的一億病魔，著實是威力驚人！

「這、這麼說來，姊姊──」

「對，沒錯。我和你的『七花八裂』不同，已經沒有任何弱點與死角了。」

說著，七實重整衣冠，轉過身去。

「回去重整旗鼓以後再來吧！」

說著，七實沒向牆邊的咎女及右衛門左衛門招呼一聲，便離開了護劍寺第五道場。

鑢七花對鑢七實。

這場賭上惡刀「鐚」的生死決戰，便暫且延至下回再分勝負。

然而要七花將希望放在下次的決鬥之上，卻是強人所難了。

■ ■

奇策士咎女與鑢七花於一級災害區蝦夷踊山奪得雙刀之後，原欲班師回尾張，卻聽聞真庭忍軍十二首領之一、實質上的真庭忍軍之首——真庭鳳凰提及有個「神祕人物」大鬧死靈山，遂改變計畫，搭上了前往四國土佐的船，追蹤「神祕人物」而去。

待船隻抵達四國港，咎女與七花甫一下船，便見到一名奇裝異服的男子相候。

那男子身著七花首次見到的西裝，腳穿七花從未見過的鞋子，臉上則戴著面具，遮住了上半張臉，面具之上縱書「不忍」二字。

七花只是因為他奇裝異服才多看了他幾眼，但咎女可不然。咎女一見那名男子，便瞪大雙眼，臉色大變。

「爾為何在此!?」

咎女突然對那男子吼道。

「『不言』。」

男子如此回答。

「不消說，自然是來找奇策士大人的。久未拜見芳顏，奇策士大人仍是一樣美澤鑑人。」

「我可不想聽爾鬼扯。七花！立刻將這廝趕走！」

「這、這麼做好嗎……？」

面對咎女這不通情理的命令，七花不禁遲疑。

「『不宜』──奇策士大人，咱們現在沒理由相爭，不是嗎？」

「哼！裝模作樣，以為我還不知道爾的主子已經重掌大權了麼？我看爾也一直在暗中注意我們的動向吧？」

「『不錯』──正如奇策士大人所言。不過這回我只是來傳話的──順道打探虛實之心固然是有，但絕無虛言相欺之意。眼下並非勾心鬥角的時候，對我們而言是如此，對奇策士大人亦然。」

「…………？」

忍

「喂！咎女，這小子是誰啊？」
見兩人把自己晾在一旁自顧自地說話，七花忍不住開口相詢。咎女滿臉不耐地回答：
「這位是左右田右衛門左衛門……兄，我們在船上談到的否定姬便是他的主子。他是否定姬的心腹愛將，老本行是忍者，有個渾名便叫做『不忍右衛門左衛門』。那個不分青紅皂白一律否定到底的臭婆娘唯一信任之人便是他。」
「『不然』——這話說得可不對了，奇策士大人。主子並不信任我，她老人家可是連我這個忠心耿耿的手下都否定，所以才有否定姬之名。也正因為主子是這般脾性，才值得我效忠。」
「……怪人。」
「只怕奇策士大人沒資格說我。」
語畢，右衛門左衛門便邁開步伐，並未招呼咎女二人隨後跟上；然而無論咎女願不願意，眼下也只能乖乖跟著右衛門左衛門而去。
否定姬派來的使者。
光憑這一點，便知事情非同小可。別的不說，右衛門左衛門在港口相候的目的，必定與大鬧死靈山的「神祕人物」有所關連。

七花走在咎女前頭，並與右衛門左衛門保持距離，以防他突施殺手。

離了港口，走進市街之後，右衛門左衛門終於開口說話了。

「奇策士大人遲遲不回尾張，主子可是寂寞得很。」

「……少胡說八道了。右衛門左衛門兄，爾是在哪兒學會說笑的？莫非爾左遷之際認識了什麼風雅之士？」

「『不識』——天下間瞭解我的唯有主子一人。主子是真的寂寞得很，請奇策士大人盡早回尾張，讓她瞧瞧妳的白髮及芳顏。」

「……爾該不會是為了說這些渾話而到四國來的吧？」

「怎麼可能？」

「爾是個忍者，總不會是來清涼院上香禮佛。」

「『不忍』——如奇策士大人方才所言，我現在已非忍者，忍者只是我的老本行，面具上不也寫得一清二楚？現在我轉行當劍客，來護劍寺參拜並不奇怪吧？」

右衛門左衛門的腰間確實佩著與西裝格格不入的刀劍，一大一小，共有兩把。

七花耳聰目明，早在港口便已察覺了刀的存在。

——那不是變體刀。

七花未生任何共鳴，可見得只是尋常刀劍。

「並不奇怪？右衛門左衛門兄，莫非爾真要去清涼院參拜？」

「終究是得去的。奇策士大人，主子要我傳話，朝廷又下了新的旨意，要妳趁著集刀之餘辦理。」

「……是死靈山那檔子事麼？」

「沒錯。朝廷要妳找出凶手，必要時格殺無論。那凶手似乎帶著一把奇策士大人正在蒐集的四季崎記紀完成形變體刀，換句話說，這是妳分內的差事。」

「用不著爾提點……」

咎女說道：

「我們便是為此來到四國，原本正打算去尋找那號辣手殺人的『神祕人物』呢！」

「『不用』——用不著找，我已經掌握了凶手的行蹤。我來此地，便是為了替奇策士大人省去多餘的工夫。」

「哦……爾辦事還是一樣俐落。」

「『不提』——客套話就別說了，奇策士大人。妳害得我的主子數次失勢之仇，我可沒忘。」

「那倒是。不如現在就殺我報仇吧？不過那也得爾勝得過七花才成。」

「奇策士大人狐假虎威的功力果然是爐火純青。『不為』。說來遺憾，我對自己的武功沒自信，不敢正面挑戰勝過錆白兵的劍客。」

咎女與右衛門左衛門脣槍舌戰，勾心鬥角，一旁的七花卻是百般無聊。

看來咎女不光是與否定姬有仇，與這個右衛門左衛門也有點兒過節，不過七花可不想過問。

——話說回來，前有真庭忍軍及錆白兵，後有否定姬……我這個主人的敵人還真不少。

七花暗暗想道。

原來她這麼不得人緣啊！

不過一思及咎女在幕府裡幹的好事，倒也是情有可原。

「凶手現在藏身何處？」

「『不藏』——凶手並未躲藏，反而張揚得很，大搖大擺地留在劍客的聖地——鞘走山清涼院護劍寺作客……不，該說她占領了清涼院護劍寺才是。」

「占——占領？什麼意思？」

咎女問道，右衛門左衛門淡然回答。

「便是字面上的意思。凶手辣手殺害了護劍寺大半寺僧，硬是留下來作客。」

「……唉！既然那個神祕人物能在半刻鐘內將死靈山化為廢墟，殺害寺僧自是易如反掌……不過凶手進了護劍寺麼……？這可棘手了。」

咎女說道。

「棘手？為什麼？咎女。」

「護劍寺畢竟是寺院，內堂必然禁止女眷進入；那名凶手名義上既是『作客』，自然是住進了內堂，這麼一來，我便是鞭長莫及了。」

「『不必』——奇策士大人不必擔心。禁止女眷進入的規矩，在如今的護劍寺中可說是形同虛設。因為那個鎮壓了護劍寺的怪物也是個女人。」

「……是、是麼？」

「鑢七實。」

左右田右衛門左衛門回頭凝視七花，說道：

「大鬧一級災害區死靈山，占領劍客聖地清涼院護劍寺，同時擁有惡刀『鐚』之人——便是叫這個名字。」

「咦……？」

七花聞言愕然無語。

如此這般。

三天之後，護劍寺第五道場之中便上演了感人的姊弟重逢戲碼。

二章
左右田右衛門左衛門

■ ■

尾張城附郭一角有座樹林環繞的將門府邸，人稱否定府；在那府邸之中，一名女子悄然佇立，無所事事，彷彿在候著什麼人似的。

「大人。」

天花板上傳來了一道聲音，向那女子說道：

「屬下左右田右衛門左衛門回來覆命。」

聞言，女子開口便斥責道：「你來晚了。」

否定姬，本名不明，乃是家鳴將軍家尾張幕府直轄稽覈所總監督。

「老是讓我一等再等，究竟要我等到幾時？蠢材！」

「……請恕罪。」

「好了，四國的情形如何？」

否定姬立刻進入正題。她向來靠等待維生，可這回似乎也等不及了。

「死靈山的那個荒唐流言，有幾分為真？」

「是，全部。」

「全部？全都是子虛烏有？」

「全部屬實。」

天花板上的聲音——右衛門左衛門說道。

「不光是死靈山。屬下真不知該如何向大人稟報——虛刀流掌門之姊鑢七實著實是個怪物。」

接著，右衛門左衛門便將自己在四國——土佐鞘走山清涼院護劍寺的所見所聞一五一十地稟告主子否定姬。

起先否定姬聽起這段荒唐無稽的故事還顯得津津有味，但聽到了最後，臉色卻不得不沉了下來。

「……我引以為傲之事甚多，其中一項便是我與你相識雖久，卻從未對你發過半點兒慈悲；不過這回我可真的同情起你來啦！竟得稟報如此荒謬之事，真是可憐。」

「感謝大人厚愛。」

右衛門左衛門誠惶誠恐地謝恩。

否定姬以手指撫著眉間，喃喃說道：

「將凍空一族全滅？究竟是如何辦到的……？當時那個小妞尚未得到惡刀『鐚』吧？」

「即便沒有惡刀『鐚』，鑢七實仍如怪物一般厲害。屬下方才也稟報過，她似乎習得了數種真庭忍軍的忍法。」

「這麼說來，死靈山神衛隊的武功及護劍寺那些和尚的劍法她也都學會了……這就叫越戰越勇，是麼？不，她不須戰，只消看上一眼──」

「正是。」

右衛門左衛門神色凝重地贊同。

「看來事情有點兒不妙啊！」

「豈止有點兒？打亂了那個臭婆娘的陣腳是很好，但可別把我也一併拖下水。這回我怎麼又失算了？那婆娘的奇策無論成敗，次次都把我耍得團團轉。把虛刀流拉到檯面上來倒也罷了，居然連那種破天荒的怪物也一併給扯出來了。」

「不過鑢七實亦是虛刀流之人。」

「但她現在用刀了啊！」

否定姬說道：

「用了刀，便不算虛刀流之人了。」

「…………」

「話說回來，情況究竟如何？鑢七花與鑢七實延期再戰，七花小兄弟可有些許勝算？」

「沒有。」

右衛門左衛門斷然說道，沒有絲毫遲疑。

「不光是鑢七花，天下間沒人贏得了那名女子。」

「即便錆白兵亦然？」

「對。錆確實是個奇才，卻遠遠不及鑢七實。縱使——雖然這個縱使難以成真——縱使真有一個才能更勝鑢七實的人出現，那人的『才能』也會被她的『眼』吞噬。」

「觀習——是麼？」

觀看。

打量。

端詳。

審視。

鑑別。

識破。

奪取。

「所謂一物剋一物，強弱乃是互為表裡，無論再怎麼厲害，有法必然有破；然而這個格言卻無法用在鑢七實身上，因為她連剋己的武功都能納為己有。」

「別說笑啦！」

否定姬笑道，眼下她也只能乾笑了。

「我順道問問你的意見來參考參考。換作是你和鑢七實交手，你會怎麼打？」

「我不會與她交手。」

否定姬故意出了這道難題，右衛門左衛門則是如此回答。

「我不會蠢得去挑戰一個全無勝算的敵手，反而會盡我所能，避免與她爭鬥。」

「原來如此，這個答案果然有你老本行的風範。不過若是陷入非打不可的局面呢？」

「我會拖延時間。」

右衛門左衛門答道。

「以保您全身而退。」

「答得好。」

否定姬讚道，露出若有所思的表情。

「我也不想與鑢七實鬥，可她既然擁有惡刀『鐚』，便不能坐視不管……強制活化生命的苦無——我早有耳聞，果然可怕。變個用法，或許便能製造出不死不滅的軍隊來。不過正因為如此，這把刀原非一人之力所能負荷。鑢七實並未聽他人提過惡刀的功效，竟能明白惡刀的用法……這也是觀習之功？」

「想來便是。」

右衛門左衛門說道。

「不過那惡刀究竟是何構造？活化生命說來簡單，可是——」

「你這人也真古怪，還和四季崎記紀的變體刀講道理？唉！勉強說來，便和針灸的原理差不多。」

「針灸？」

「只不過不是用薄刀『針』來灸便是了。」

否定姬說道。

「在死靈山，為了活化山脈，才將惡刀供奉起來，不過倒是沒插入土中……其實光是供奉，效果便夠大了。就連神衛隊也不明白惡刀『鐚』的正確用法，鑢七實卻能看出來，不愧是個天才。死靈山原本靠著惡刀勉強保住命脈，現在失去了刀，只能毀滅了。」

「一級災害區——死靈山……」

「踊山的凍空一族也全滅了……乾脆請她把江戶的不要湖也一併解決吧！」

「……您說笑了。」

「說笑？的確是說笑，不過這事能不能一笑置之，可就很難說了。現在讓那個怪物得了如此凶惡的刀，搞不好連幕府都會被推翻呢！鑢家不是流放外島麼？於情於理，難免對幕府懷恨在心啊！」

「奇策士應會設法阻止。」

「別指望那個婆娘了，她只顧自己。表面上說什麼為了天下國家而集刀，其實只想著自己升官發財。這麼一提，我還沒問呢！那個惹人厭的婆娘還健朗吧？」

「元氣十足，簡直聒噪過頭了。去護劍寺的路上，她還裝作不小心，踢了屬下好幾腳。」

「她還真是小孩心性啊……」

「只是道場比試之後，她也不得不靜下來了……不過以她的性子，想必立刻就會重打精神。」

「緊接著鋪謀設計，是麼？」

否定姬說道。

「她還健朗，自是再好不過，否則較起勁來也沒意思。話說回來，在這種狀況之下，她會使出什麼手段？我完全沒個頭緒……」

「我想她應該會先依鑢七實之言，找出虛刀流最終絕招的弱點。」

「找弱點？哦……『七花八裂』的弱點啊！那很容易，我光是聽你描述便已猜到了幾分，那婆娘定能立刻發現。」

「您——您知道弱點為何？」

否定姬並無得意之色，只是淡然地說：

「綜合你過去的報告，並不難猜出。不過這弱點……即便克服了也無甚意義，畢竟鑢七實的武功實在太高了。」

「的確……雖然我猜不出弱點為何，卻也認為鑢七花得從根本上下對策，方能贏過他的姊姊。」

「不是對策，是奇策。」

否定姬語帶譏諷地說道。

「那婆娘不是誇口說她只出奇策，才配稱為奇策士麼？她大概是想給自己的刀留點兒面子，姊弟初戰之時才默不吭聲，袖手旁觀……不過再戰可不一樣了，她定會使出奇策，顯示她的手段。話說回來，有一件事我怎麼也想不明白。虛刀流掌門之姊鑢七實窩在護劍寺裡，自斷退路，打的究竟是什麼算盤？外邦異族常為了爭奪聖地而大動干戈，但我國卻不然。我越是想不明白，越覺得接下來還有一陣風波要起。」

「……屬下該回去嗎？」

右衛門左衛門向否定姬問道。

「倘若奇策士的奇策真能擊敗鑢七實，或許屬下該前往現場親眼觀戰。」

「嗯……不，還是算了吧！那婆娘厭惡你我至極，別去擾亂她的心神。平時我斷不可能去體恤那婆娘，這回算是特別破例……要論勝算，只怕不到萬分之一；不過那婆娘向來能掌握萬分之一的勝算。」

「說到擾亂心神……」

右衛門左衛門突然憶起一事，開口說道。

不，他的老本行是忍者，又豈會忘記此事？

「同被奇策士視為天敵的真庭忍軍，動向也教人關注。據奇策士所言，她與真庭忍軍結下了休兵之盟。」

「哦……真庭忍軍啊？他們的十二首領已折了半數了吧？我算算，蟲組三人被鑢七實趕盡殺絕——話說回來，這雌兒還真喜歡趕盡殺絕——上個月在蝦夷踊山上又死了兩人……如今只剩下四人，是麼？……我看他們是不成氣候了，擱下不管也無妨吧？」
「這可不成，真庭鳳凰還活著。」
否定姬不當一回事，右衛門左衛門卻是語氣凝重。
「只要此人活著一天，真庭忍軍無論折了幾人，都是個威脅。」
「是麼？你都這麼說了，自然是錯不了。不過只要同盟效力仍在，便安全無虞了吧？至少不必擔心他們來淌四國的渾水。只要他們別來礙事，就任由他們去吧！對了，你可有教那個惹人厭的婆娘快回尾張來？」
「有。待她解決了鑢七實——惡刀『鐚』之事後，應該就會回尾張來了。」
只不過此事是難如登天。
天下間真有解決鑢七實——惡刀「鐚」之事的方法嗎？
也不知否定姬是否知曉右衛門左衛門心中的疑慮，只見她淡然說道：
「是麼？那我便等著吧！」

富士山麓的樹海雖與蝦夷踊山、陸奧死靈山及江戶不要湖不同，並未列入災害區，但在這個時代的日本，卻同為生人勿近的危險地帶。

樹海正如其名，乃是一片如海的樹林，與一般森林大相逕庭；支配樹海的並非動物，而是植物。

此時有兩個人步行於這濕熱刻苦的環境之中，卻未流下半滴汗水。

其中一人是名年輕男子，長身玉立，一頭黑髮披垂而下，面無表情卻目光如電；另一人身材矮小，貌若童子，戰戰兢兢地跟在面無表情的年輕男子身後。

這兩人風貌截然不同，唯獨服色有共通之處。

他們都穿著無袖忍裝，鎖鍊纏繞全身。

不錯，走在前頭的便是真庭忍軍十二首領之一，真庭鳳凰；而走在後頭的則是同為真庭忍軍十二首領之一的真庭企鵝。

於富士山麓樹海之中結伴同行的，便是「神禽鳳凰」與「增殖企鵝」。

「不知現在情況如何？」

鳳凰突然說道。

聞言，企鵝打了個顫。

「什、什什什什、什麼……情況？」

「四國之事。奇策士與虛刀流掌門也該抵達四國土佐的清涼院護劍寺了。」

「鳳凰大人是指姊弟對決之事……？」

企鵝問道。

「話說回來，真沒想到毀滅死靈山的怪物居然是虛刀流掌門的姊姊……」

「不光是死靈山。根據汝之後蒐集的情報判斷，踊山應該也是毀在虛刀流掌門之姊鑢七實的手下。」

「是、是啊……」

「非但如此，鑢七實還殺光了吾等真庭忍軍的蟲組統領。唉！其實這也是汝集得的情報，輪不到吾來說嘴。企鵝啊！汝蒐集情報的能力之強，實在教吾甘拜下風啊！」

「不、不敢當……鳳凰大人過獎了。」

真庭企鵝又是渾身打顫，低下了頭。他倒不像是因受褒獎而感動顫抖，反倒像是怕得發抖。

「前任日本第一高手——鑢七實。」

鳳凰似乎早已習慣企鵝的反應，並不放在心上，而是繼續行走於險峻的樹海之中，一面開口說著。

「此人是厲害角色，非錆白兵所能比擬。若汝蒐集的情報盡皆屬實，吾真想不出方法來對付她。」

「很遺憾……全部屬實。」

企鵝口氣雖然怯生生的，卻相當果斷。

「想必護劍寺也已被她占領了。」

「如今劍客的聖地可來了一號相得益彰的人物啊！不，不是人物，而是怪物。這會兒不知奇策士有何打算？凡是習武之人皆知，任何奇策妙計碰上了真正的天才是決計不管用的。」

「奇、奇策士並非習武之人。」

企鵝說道。

「或許真能想出什麼好辦法來……我們也只能如此祈禱了……眼下殘存的真庭忍軍首領之中，能與鑢七實一較長短的……連鳳凰大人在內，只怕連一個也沒有。」

「汝說得可真白。」

鳳凰忍不住露出苦笑。

「唉！不過確實如汝所言。如果狂犬仍活著，或許情況又有不同……不，也許狂犬也拿她沒辦法……」

真庭蝙蝠——冥土蝙蝠。

真庭白鷺——反話白鷺。

真庭食鮫——鎖縛食鮫。

真庭蝴蝶——無重蝴蝶。

真庭蜜蜂——棘刺蜜蜂。

真庭螳螂——獵頭螳螂。

真庭狂犬——傳染狂犬。

真庭川獺——查閱川獺。

「真庭忍軍十二首領如今只剩四人，不容再冒險，那個怪物只好交給奇策士去應付了。」

「鑢七花的確厲害……不過要對付這麼個不世出的天才，只怕力有不逮。」

「手足相殘啊？……話說回來，若是他那個怪物般的姊姊投靠了奇策士，吾等真庭忍軍可就真的沒戲唱了。」

「我想……應該不至於。」

企鵝略微思索後，說道：

「依我看來，奇策士與鑢七實絕非能相容之人。」

「這話倒也有理。是了，汝曾見過奇策士——嗯，再說尚有否定姬在一旁虎視眈眈。總之眼下吾等能做之事有限，海龜與鴛鴦也正馬不停蹄地分頭行動；吾等便趁同盟尚有效力之時盡力集刀吧！」

語畢，鳳凰停下了腳步。

兩人來到了富士山麓的某個洞穴之前。

「看來是這裡了。」

「是、是的……」

「不愧是『增殖企鵝』，情報萬無一失。」

「不……這回全得歸功於鳳凰大人的左臂。」

企鵝說完，又搖了搖頭，改口：

「啊，不對，該說是川獺大人的左臂。」

「嗯——」

鳳凰便轉了轉自己的左臂。

「不愧是『查閱川獺』的左臂。這條手臂才剛接上不久，原本吾還憂心無法發揮全力，看來是吾多慮了。」

真庭忍軍十二首領之一——真庭川獺，即是上個月死於蝦夷踊山的忍者。他的忍法能夠讀取物體上的記憶，名曰忍法記錄回溯；然而這門忍法如今已化為鳳凰所有。

現在真庭鳳凰的左臂，便是真庭川獺的左臂！

「忍法繫命——前些日子的那條海賊手臂一點兒用處也沒有……相較之下，川獺的手臂好用多了。」

「死後能化為鳳凰大人的一部分而活，川獺大人若是地下有知……應該也能瞑目了。」

「但願如此。」

鳳凰滿臉苦惱地說道。

簡而言之，他們倆能找到此地，全賴真庭企鵝的情報網與真庭川獺的忍法記錄回溯。

上個月，由於真庭狂犬魯莽行事，真庭鳳凰只得用真庭川獺的性命向奇策士咎女賠罪，以重新結盟；他膽敢做出如此大的犧牲，便是因為還有這層保障。

即使真庭川獺身亡，真庭鳳凰依舊可接收他的忍法。

正如右衛門左衛門所言，真庭忍軍依然健在，仍舊是幕府集刀的一大威脅。

「走吧！應該就在這個洞穴裡吧？」

「沒錯。」

企鵝斬釘截鐵地點頭，並領頭步入洞穴之中。鳳凰盤起手臂，跟隨其後。

「話說回來……實在令人費解。」

兩人步入洞穴之後，既未注意腳下，也未摸索探路，依然照著平時的步伐行走，彷彿早把這個洞穴摸得一清二楚了。

「何事令人費解？」

「鑢七實之事。據汝調查，這個天才擁有過人的『眼力』？」

「是、是的……據說她自創了一門功夫，名曰觀習……無論是何種武功技法，她看上一遍便可學個大概，看上兩遍即可精通；對她而言，劍法與忍法並無不同……想來真庭蟲組的忍法也全被她偷學了。」

「嗯。不過，企鵝，這正是古怪之處。」

「古怪之處？」

「吾這套將川獺的忍法化為己有的忍法——忍法繫命與鑢七實的觀習雖然種類不同，卻有相似之處；而狂犬的忍法狂犬發動能占有他人的身軀及記憶，亦與吾等的功夫相通。至於蝙蝠那套模仿他人、改變外貌的忍法骨肉雕塑，便更是無庸贅言了。」

「啊……？」

企鵝不解鳳凰之意，一臉困惑。

忍法繫命、忍法狂犬發動、忍法骨肉雕塑及鑢七實的觀習，這幾門功夫確實有著異曲同工之妙。不過——

「當然，大同之中仍有小異。我的繫命須得先殺了對手才能奏效，狂犬發動則是死後方可使用，至於骨肉雕塑所能模仿的只有外貌——這些忍法皆不及鑢七實的觀習。」

「……是啊！」

鑢七實的觀習超群絕倫，確非其他武功所能比擬。

「不過，在吾這個使用相似忍法之人看來，鑢七實的觀習……似乎無甚意義。」

「…………？」

企鵝愈發不解，不知如何附和。

「鑢七實武功蓋世，何須偷學旁人的武功？」

「……啊，哦……」

企鵝終於明白鳳凰之意。

「原、原來是這個意思……」

「觀習雖然亦可看穿敵手的特質與弱點，不過本質上仍是為了提升修為而生的功夫；當初她自創這門功夫，便是為了從不教自己一招半式的父親身上偷學武功。不過任何技法招數都是用來彌補短處，像她這般絕世高手根本用不著去學。」

「……但她學得可勤了，好比凍空一族的天生神力——」

「所以才教人費解。」

鳳凰說道：

「吾繫命，乃是因為吾修為不足；狂犬附身，乃是為了追求更好的軀殼；蝙蝠改造身軀，乃是為了臨機應變。吾等不過是遮遮掩掩、見不得光的卑鄙忍者，本領不濟，只好創這些忍法，截敵人之長補己之短。不，不光是這些忍法，吾的另一套忍法斷罪圓及汝那驚人的忍術亦然，追根究底，都是為了彌補短處而生。奇策士曾說忍術乃是恃強凌弱之技，其實不然。就這層意義上而言，忍術的本質反倒與奇策相似，只是一個截長補短，一個以弱就強而已。可是企鵝啊！既然天下間所有的武功都是為了截長補短，那麼原就技壓群雄的鑢七實又何必偷學旁人的武功？」

鑢七實為何創出觀習這門功夫？

這個疑問自然沒有答案。企鵝無法回答，而鳳凰也未再多談，兩人只是默默行走於洞穴之中。

片刻過後，他們走到了洞穴的盡頭，只見洞壁之上深深地插著一把黑鞘寶刀。

刀。

這正是四季崎記紀打造的完成形變體刀！

「事情進行得如此順利，反而教人害怕啊！」

鳳凰摸著自己的……不，真庭川獺的左臂，說道：

「這便叫打蛇隨棍上。甫和奇策士結盟便有此成果，說不定她真是個幸運女神呢！」

「這麼一來，便先奪得了一把。」

「嗯。」

說著，鳳凰便朝洞壁之中的刀伸出了手。

「這只是開頭，此後真庭忍軍會將十二把四季崎記紀的完成形變體刀盡數奪到手，一把都不放過。」

接著他用左手握住了刀柄。

這把插在富士山麓洞穴之中的刀，乃是無主之物；它究竟是第幾把變體刀？是微刀「釵」？王刀「鋸」？誠刀「銓」？或是毒刀「鍍」？這問題且待日後分曉。

正當奇策士咎女與虛刀流第七代掌門鑢七花在土佐對上了意外強敵之際，故事亦有了莫大的進展。

三章　七花八裂

■ ■

七天後。

左右田右衛門左衛門在比試結束之後立刻返回了尾張，但為了集刀而來的奇策士咎女與虛刀流第七代掌門鑢七花卻不能就此打道回府，只好與鑢七實一樣留在清涼院護劍寺作客。

七實大膽妄為，占據聖地，害得護劍寺只好封門閉戶，謝絕香客參訪。多數香客俱是丈二金剛摸不著頭腦，但寺方並不說明理由。

要如何說明？

即便寺方未謝絕香客，護劍寺的空房依然綽綽有餘，咎女二人留宿絲毫不成問題。因為數達兩百以上的寺僧有大半都被七實殺害，餘下的盡是些手無縛雞之力的年老僧人，再不便是剛開始修行的小沙彌。

換言之，唯有當初未向鑢七實挑戰的人方能倖免於難。

這種情況與全軍覆沒亦是相去不遠了。

配不上聖地的凡夫俗子消滅殆盡，相得益彰的天才君臨聖地。

劍客原本便是打打殺殺度日，如今護劍寺在七實的整治之下充滿了殺伐之氣，總算是有了劍客聖地的樣子；然而站在幕府的立場，豈能放任七實胡作非為？

集刀是一回事，咎女身為幕府差使，又是將流放外島的虛刀流引回俗世的罪魁禍首，自然得負起責任，收拾善後。

「…………………」

認清實力差距的鑢七花在這七天以來一直垂頭喪氣，無精打采；雖然照常吃喝拉撒，卻始終雙眼無神，魂不守舍。

他與姊姊同住於寺院內堂之中，卻不去見她；咎女和他說話，他也是心不在焉。

這會兒也是同一副德行。明明還是大白天，卻躺在被窩裡望著天花板發呆。

「………」

七花想起去年在不承島上與七實初次交手的光景。

當時他爹——前任掌門鑢六枝才過世不久。

——那時我也是這副德行啊！

七花茫然想道。

沒錯，當時七花也是鎮日垂頭喪氣，無精打采。那次比武，七花亦是全然不敵七實，輸得一塌糊塗。

不，這回比上次還慘。

一年前，七花並不認為自己會贏；但這回他可是胸有成竹，以為與咎女一道跨越重重難關的自己也能跨越鑢七實的視線。

七花以為他能躲過鑢七實那雙充滿威脅的眼，然而實際上呢？

一敗塗地。

——在咎女和咎女的敵人眼前出了那麼大的醜，實在丟臉至極。非但如此，還被姊姊給徹底瞧扁了。

滿口大話的究竟是誰？

上個月敗給凍空粉雪的意義全失，七花根本沒從失敗中學得任何教訓。

如今雖決定擇期再戰，但先前那一戰怎麼瞧都是七花輸了；七實只是因為七花太不中用，才臨時改變主意，暫且放他一馬。

為什麼？

——明明沒有半分勝算，為何我會以為自己贏得過姊姊？

為何我老以為自己幫得了姊姊？

從前尚未出島時亦然，其實姊姊根本不需要我幫手，可我老是搶著替她幹活兒，也不掂掂自己有幾斤幾兩重。

「…………」

啪！

正當七花胡思亂想……不，是腦袋放空之際，紙門被人猛然拉開。

來者是奇策士咎女。

順道一提，他們理所當然地住在同一間房裡。

這七天以來，咎女大反常態，對七花關懷備至，溫言軟語，安慰她這把被親姊姊玩弄於掌心的刀。

咎女雖有要事得辦，但她一有閒暇，便會回到房裡來開導七花。以她的個性，能如此耐著性子好言相勸，著實是難能可貴。

然而咎女越是好聲好氣，七花便越覺得自己窩囊。咎女每勸慰一句，七花便得被迫品嘗一次名為溫柔的殘酷滋味。

不過此時此刻的七花倒不必受這種苦了。

因為矗立於走廊之上的咎女滿臉怒容，活脫便是平時的她。

看來看去，還是這種表情最有咎女的味道。

「……咎、咎女姑娘？」

咎女默默走入房裡，直打七花的枕邊而來。

「嗟了！」

她大喝一聲，狠狠地踢了七花的臉龐一腳。

七花是個性好被虐——不，忠心耿耿之人，向來不閃避咎女的攻擊（暴力），不過這一腳只怕他想閃也閃不開。

咎女這一腳乃是痛心疾首之下而出，是以劇力萬鈞，銳不可當。

「哼！」

咎女一腳飛出，又順勢反腳往七花的臉龐砸下，腳跟正中七花嘴角，險些堵住了他的嘴。素以不攜兵刃、不習武藝為原則的奇策士竟能使出迅捷若此的連擊，著實教人意想不到。幸虧出招的咎女力小，接招的七花又健壯過人，否則換作常人，早被踢得滿地找牙。

「沒出息！」

咎女踩著一頭霧水的七花怒吼。

「我難得好聲好氣相待，爾反倒端起架子來啦！……爾打算垂頭喪氣到幾時！蠢材！」

「……咦？咦？咦？」

「天下間有哪個白痴會為了區區一、兩次敗仗而如此消沉！都已經過了幾天了！七花，瞧瞧我！」

咎女豎起大拇指，指著自己。

「爾知道我過去輸過幾回麼？不是我誇口，那可不是一回、兩回，而是幾百回、幾千回！可我從不曾像爾一樣終日垂頭喪氣，無精打采！而且我最後一定會贏回來！為了這點兒小事便失意消沉，爾不覺得自己窩囊麼！」

咎女又踩了七花一腳。

七花當然覺得自己窩囊，但那是針對敗在七實手下一事；他從未想過垂頭喪氣、一蹶不振才是真正的窩囊。

其實我只是裝出後悔反省的模樣，自怨自艾，怨天尤人罷了。

實在窩囊得緊。

「站起來！」

咎女大喝一聲，腳終於從七花臉上移開。

七花為她的氣勢所懾，連忙彈了起來。

七花一起身，咎女便狠狠地摑了他一巴掌。咎女身材嬌小，得踮腳跳起才摑得著七花，模樣極為蠢拙；偏偏她又著地失敗，一屁股便跌在榻榻米上。

然而咎女立即起身，說道：

「我只問這麼一次！無論爾如何回答，我都不會怪罪於爾——這回我絕不強人所難，爾儘管老實回答！」

咎女接著問道。

「爾有心與七實再戰麼？」

「…………」

若說有，便是違心之論。

這回和上個月的凍空粉雪之戰不同。輸給凍空粉雪後，七花巴不得再打一次；但輸給七實可不一樣了。七實與粉雪的武功修為可說是天差地遠。

擇期再戰又有什麼意義？反正是輸定了。下回交手，說不定真要死在七實手下。

要七花把希望放在再戰之上，著實是強人所難。

然而奇策士咎女並未捨棄這渺茫的希望。既然如此——

「有。」

七花答得斬釘截鐵，清楚明白。

若是方才問他這個問題，他的答案定然完全相反；然而現在即便要他說謊，他也得這麼回答。

七花已經學會了說謊。

「是麼？」

咎女只回了這麼一句。不說贅言，正是她的作風。

「既然如此，我便傳授爾一條奇策，助爾勝過天才姊姊……首先來談談爾的最終絕招『七花八裂』的弱點吧！」

第一絕招‧「鏡花水月」。

第二絕招‧「花鳥風月」。

第三絕招‧「百花繚亂」。

第四絕招‧「柳綠花紅」。

第五絕招‧「飛花落葉」。

第六絕招‧「錦上添花」。

第七絕招‧「落花狼藉」。

結合上述七式絕招，便是虛刀流最終絕招「七花八裂」。

然而仔細一想，七花真正以這記絕招打敗的敵手，也只有初戰對手——真庭忍軍的真庭蝙蝠而已，之後頂多是在京都的道場之中試演給咎女看。

七花使用此招的次數其實極少。

「……我話說在前頭，爾不必因為弱點被識破而喪氣。即便對手不是鑢七實，這弱點遲早也會曝光的。」

咎女說道。

七花已將被褥折好，收進櫥門；現在他與咎女乃是坐在坐墊之上。

「我還以為這招沒有弱點呢……」

「我就直說了吧！七花，這絕招是爾半年前才想出來的，沒有半點兒缺陷才奇怪呢！」

「嗯，這麼說倒也有理。」

七花抓了抓腦袋。

如今有了再戰這個目標，七花便不再胡思亂想了。這全得歸功於他單純的性格。

「所以我這招的弱點究竟是什麼？」

「換作平時，我定會和七實一樣，要爾自個兒去想；不過這回我便破例指點一二吧！我也不拐彎抹角，直接說了——其實是第四絕招『柳綠花紅』礙了事。」

「礙——礙事？」

咎女不拐彎抹角，可也太直接了。七花聞言滿臉困惑。

「礙事？『柳綠花紅』哪兒礙事啦？」

「爾說說看，虛刀流第四絕招『柳綠花紅』是個什麼樣的招數？」

兩個月前，七花於薩摩大盆與校倉必交手之時使的便是這記絕招。

「柳綠花紅」乃是由虛刀流七個起手式中唯一握拳者——第四式「朝顏」變化而成，拳勁具有穿甲之效；此招一出，能穿透任何防禦，破壞內側，理論上甚至可攻擊地球另一端之人。

「是啊！這招對校倉必的賊刀『鎧』是不管用，但卻是相當有用的一招，只是使用的時機不好拿捏而已。可妳居然說這招礙事——」

「我談的不是有用無用的問題。廢話少說，七花，爾便試演一次『柳綠花紅』吧！」

「…………？」

七花仍有不服之色，但咎女說了，他又沒理由不照做，只得乖乖起身擺出第四式「朝顏」。

七花雙足朝向身側，沉腰縮身，上半身用力扭轉，背部幾乎正對咎女；接著他單手握拳，另一手則五指大開，包住拳頭。

「然後將身體轉回來，一拳擊出！」

七花的身子往反方向全力扭轉，拳勢卻未使老，定在原來的點上；只可惜他現在是試演招式，拳頭上的內勁無處著落。

「……好啦，這招怎麼了？明明是個好招啊！」

「別那麼咄咄逼人，我並沒說『柳綠花紅』不好。這記絕招的厲害之處，我再清楚不過了。只不過，七花，這招與其他六式絕招不同，須得『蓄力』方能使出，對吧？」

「…………？」

使用「柳綠花紅」之時，確實得先猛轉身體，固定架勢。

「啊……」

「懂了麼？」

咎女示意恍然大悟的七花坐下，緩緩說道：

「其實使出絕招之前得有準備動作，也算不上是什麼弱點。實際上爾的『柳綠花紅』也順利擊中了校倉必，只是沒奏效而已。不過，若是和其他招數合起來使用，可又另當別論了。」

將七式絕招同時使出，便成了「七花八裂」；然而其中摻了招須先蓄力方能使用的「柳綠花紅」，便稱不上同時使出了。

蓄力便等於製造破綻。

所謂江湖一點訣，說破不值錢；其實當時鑢七實便是趁著七花的「七花八裂」使到第四絕招「柳綠花紅」時，運用凍空一族的天生神力將他拋上天花板。

「對啊……雖然我老說『七花八裂』是同時使出七式絕招而成，但我畢竟就這麼一雙手腳，嚴格說來自然不是同時使出，而是混合連打——」

「所以七實當時也對爾使出了混合連打招數。」

七實混合虛刀流「雛罌粟」至「沉丁花」各招，擊出了二百七十二掌。

「爾的姊姊畢竟還是疼爾的，才會嘴上要爾自個兒想，卻又使出混合連打來暗示爾正確答案。」

連思考的機會都不給七花，直接公布答案的咎女其實也沒資格說七實。

第四絕招「柳綠花紅」於單獨使用時，固然是個好招式；但要用在混合連打之上，卻是大大地不適合，因為高手往往能趁著蓄力之時的破綻進攻。

「……有多大？」

「唔？」

「我問我的破綻有多大。『七花八裂』的破綻大到人人都可趁機進攻嗎？」

「我不懂武功，自然不明白，不過我想破綻應該不大才是。爾這招用在真庭蝙蝠身上不就成功了麼？京都道場練武餵招之時，爾也從未失手過。或許得到七實那般修為，再不然也得像鑢白兵這種高手才能趁機進攻。」

「是嗎……幸好我對上鑢白兵時沒用上『七花八裂』。」

七花說道。

順道一提，七花與鑢白兵決鬥時用的乃是第三絕招，由「躑躅」變化而成的「百花繚亂」。

「有了個這麼明顯的弱點，『七花八裂』便稱不上絕招了。」

七花一臉失望地說道。

畢竟這是他自創的絕招，也難怪他要傷心失落。別的不說，若是「七花八裂」不能用，那句好不容易唸慣的口頭禪便再也無用武之地了。

「如果要把『柳綠花紅』去掉，只用六式絕招，我又覺得不對勁。再說這樣就成了『六花七裂』，聽起來不響亮。」

「那倒不然，七花。」

咎女對七花說道：

「我有法子彌補這個弱點。」

「咦？真的嗎？」

「爾以為我是誰？我可是奇策士咎女啊！既然我敢大模大樣地挑剔爾的弱點，當然是早已成竹在胸。」

「妳不管什麼時候都是大模大樣啊！」

「嗟了！」

咎女又是一腳，而七花依舊未躲，接著兩人若無其事地繼續談話。

「爾使用『七花八裂』之時，其實沒考慮過順序吧？爾素以同時使出七式絕招自負，也難怪爾不注重先後順序了。就我所見，爾不過是照著好使的順序來使罷了。」

「嗯……我的確不注重順序。」

以不承島上的真庭蝙蝠一戰為例，當時七花擺的正是虛刀流第二式「水仙」，因此便由第二絕招「花鳥風月」起頭，接連使出第三絕招「百花繚亂」、第四絕招「柳綠花紅」、第五絕招「飛花落葉」、第六絕招「錦上添花」、第七絕招「落花狼藉」，再連回第一絕招「鏡花水月」。

但這並非固定的套路。

七式絕招排列組合過後，共有五千零四十種套路，每種套路都是「七花八裂」；只要能結合七式絕招，七花並不拘泥於順序。

「爾的性子粗枝大葉，難免這麼想，不過爾得改掉這種思考方式才成。同時使出七式絕招而成的『七花八裂』的確是個了不起的招式，只要能彌補弱點便行了。」

「那我到底該怎麼做？」

「答案再明白不過，以第四絕招『柳綠花紅』起頭即可。」

「…………」

「爾在使招途中蓄力，才會造成破綻；但若是在使招之前便已蓄好力，使用『柳綠花紅』便不受影響了。」

「哦……原來如此，接著再連接其他絕招便行。」

這方法雖然簡單，卻相當有效。

這麼一來，「七花八裂」便得從第四式「朝顏」起頭，無法如先前那般任意擇一起手式出招，可說是失去了一大長處；不過只要採用這個方法，便能消除「七花八裂」的弱點。

五千零四十種套路變為七百二十種，如此而已。

「怎麼，原來很簡單嘛！」

「是啊！是很簡單。」

然而咎女雖然看出了「七花八裂」的弱點並想出了彌補之策，卻仍然顯得鬱鬱寡歡。

「所以七實應該也早已料到這個法子了。」

「……那倒是。」

鑢七實只消瞧上一眼，便能學會各種武藝，識破所有弱點；既然如此，她能看出補救弱點的方法也不足為奇。

不，若是她看不出來才奇怪呢！

「說來說去，不封住姊姊那雙『眼』，我便無勝算可言；可要是能封住，早就天下太平啦！無論要戳眼還是放煙霧彈，都逃不過姊姊的法眼的。」

「鑢七實的眼啊……」

咎女哼了一聲。

「其實我也想出了應對之計。」

「咦？真的嗎？」

「爾終日渾渾噩噩、窩窩囊囊之時，我可沒閒著啊！百忙之中還得抽空來開導爾呢！」

咎女諷刺道。

然而七花聽不懂諷刺，只道咎女在他消沉之時仍相信他終會振作起來，並為此忙碌奔波，反而大為高興。

難怪咎女方才要發那麼大的火。我也真是的，究竟要消沉到什麼時候？枉費咎女如此信任我。

「……爾、爾賊笑什麼……？被人諷刺有什麼好高興的？真是個怪胎……」

咎女不解七花的心思，嚇得用膝蓋連退數步。

正可謂主人不知刀劍心。

「可是咎女，真有方法能對付姊姊的眼睛嗎？」

「其實早在聽聞七實的眼睛如何厲害之後，我便一直在苦思奇策了。封住眼睛的方法多的是，不過對手是七實，想必早有防範。」

「就算我姊姊事先沒有防範，只要她當場瞧上一眼，便知道咱們想做什麼了。不管咱們使的是什麼方法，都會讓她瞧見——」

「所以呢……」

咎女說道。

「別讓她瞧見便行了。」

「…………」

「看不見的奇策，對七實便能奏效。既然看不見，七實就無從學起，更無法看出弱點……不過這條計只能用上一次。」

咎女說道：

「若是失敗，便不能再用第二次——而且也沒第二條計可用。」

「……妳全張羅好了？」

正因為咎女已做好萬全的準備，見了一蹶不振的七花才會忍無可忍，出腳教訓。

「不。」

咎女卻搖了搖頭。

「還差最後一步。要起動這條計，須得和七實談判。」

「妳、妳要和姊姊談判？」

七花想起了這兩名水火不容的女子在不承島上的「談判」過程。

「……我還真不願回想起往事啊……」

當時七花夾在兩女之間，左右為難；只是那時他情感尚未發達，方能承受得住。一想到同樣的情況若是發生在現在，七花便不寒而慄。

「也難怪爾擔心。不過成敗盡在這一著，我非去不可。談判是我的拿手本領，放心交給我便是。」

說著，咎女起身。

「我們不能浪費太多時間在此事上。右衛門左衛門已回尾張，須得提防他搗鬼。我希望再戰越快越好，爾何時能上陣？」

「妳要何時就何時。」

七花回答。

「便是今晚也行。」

「行麼？」

「幸好——或該說遺憾得很，我雖然和姊姊打過一場，卻是毫髮無傷，隨時都能上陣。只不過這幾天我老躺著，得先鬆動鬆動筋骨才行，不能立刻上陣。」

「是麼？也好，若是爾現在便要和七實打，我反而傷腦筋，就訂在今晚吧！不過也得七實答應才成……細節待我和七實談判之時再行討論，只是有件事我得先說在前頭——七花，爾至少得把插在七實胸口上的惡刀『鐚』奪到手。」

咎女說道。

「七實原本便是個難纏的天才，惡刀又給了她源源不絕的氣力，簡直是如虎添翼。爾籌策戰略之時，務必將奪刀列為首要之務。」

「嗯……其實姊姊的病情好轉，我這個做弟弟的也很高興，不過眼下不是說這些話的時候。再說——」

七花頓了一頓，方才說下去。

這幾天來，他雖然終日渾渾噩噩，卻又常掛念著這件事。

「我總覺得那把惡刀不適合姊姊。」

「……？此話何意？天下間再沒有任何一把刀能如此適合體弱多病的天才鑢七實了啊！直可謂刀擇明主而仕。鑢七實將四季崎記紀的完成形變體刀發揮得淋漓盡致，不是麼？莫非是虛刀流之故？爾認為七實身為虛刀流門人，不該用刀？」

「不，不是這個原因，而是更為原始的問題……我老覺得姊姊看上去有點兒古怪，那把刀真能活化她的生命力嗎？」

「……爾的感覺我無從瞭解，唯一可以確定的是，只要有那把刀，爾便無勝算。七實的『眼』與惡刀『鐚』——得設法除去這兩項要素才成……好了，我這就去找七實。」

「咦？」

說著，咎女便拉開紙門。七花見狀大吃一驚：

「妳、妳現在就去找我姊姊？」

「既然打算今夜再戰，當然得立刻去找她。」

「哦！說得也是。」

「七花。」

咎女步出走廊，又回頭對七花說道。

「我原本不想再提，不過為了爾好，還是問上一問。爾為何隱瞞七實武功高於爾之事？」

面對咎女突如其來的一問，七花快快不樂地沉默片刻之後，方才開口。

「妳也知道我姊不會炫耀自己的武功有多麼高強。在她看來，不是她厲害，而是旁人太不濟事。」

「我問的不是七實隱瞞的理由，而是爾隱瞞的理由。」

「因為……」

七花轉過臉，將視線由咎女身上移開。

「我想成為妳的刀啊！」

「…………」

「要是妳知道姊姊的武功比較高強，或許妳便會棄我而擇她了。」

「……傻瓜。」

咎女喃喃說道，微微一笑。

「接下來這話我也只說一次，爾可得聽清楚了。半年前如何我不知道，不過現在的我，認為唯有爾才有資格成為我的刀，這想法不會因為爾吃了一、兩次敗仗而改變。別老讓我婆婆媽媽地說這些話，蠢材！」

說著，咎女便拉上紙門。

七花不知如何表達自己現在的心境，便在地上打了個滾。

接著他躺成了個大字，籌策今晚再戰時的戰略。

他相信咎女定能談判成功。

■　■

走廊之上，只見咎女拖著錦衣華服直打七實的房間而去，腳步不帶半點兒遲疑。

咎女胸有成竹，自然不會有絲毫遲疑。

如今激將有成，七花已摩拳擦掌、躍躍欲試，剩下的只有一決勝負。

「…………」

不過咎女仍有不解之處。

「鑢七實……究竟在打什麼算盤……？」

說來巧合，咎女與她厭惡至極的否定姬竟有著相同的疑問。

「若她只是來提點七花的弱點，只管直說便是，何必如此拐彎抹角？甚至還大費周章地去奪了惡刀『鐚』來，強逼她寵上了天的弟弟和她比一場絕無勝算的武……她總不會真心認為劍客爭強鬥勇無需理由吧？」

四章
鑢七實

■

■

鑢七實得到惡刀「鐚」，對奇策士而言的確是件再棘手不過之事；不過若是惡刀未被七實所奪，繼續留在死靈山上，要蒐集亦非易事。

一級災害區，死靈山。

天下間也只有天才鑢七實，能在短短半刻鐘之內奪走保管於此地的惡刀。

對於咎女與七花而言，於死靈山這等荒山峻嶺之中守著惡刀「鐚」的白衣集團——死靈山神衛隊絕非好相與的對手。

他們並非武人，也不似凍空一族一般盡是獵人，然而他們卻能眼通陰陽兩界。

死靈、幽靈、亡靈、精靈、靈魂、鬼魂……名稱多不勝數；總歸一句，死靈山神衛隊能看見死後之人的模樣。

他們稱這門技法為通靈術。

雖說子不語怪力亂神，但上個月奇策士咎女與鑢七花在踊山碰上的真庭忍軍十二首領之一——真庭狂犬，便是附過數千人之身而活了數百年之人，倒也不能一概否定這類物事的存在。

鬼魂其實可謂是一種殘留的意念；縱使死後的世界並不存在，人的意念卻是存在的。

有記憶，便有隨記憶而生的意念，自然也有回憶。

同為真庭忍軍十二首領的真庭川獺——「查閱川獺」的忍法記錄回溯，或許亦非無稽之談，而是建立於相當的理論之上。順道一提，真庭川獺雖然出生於真庭里，父族卻是陸奧人。

換作否定姬，定然如是說：

「這世上沒有鬼，但要見鬼倒是不無可能。」

當然，完全不把死靈山神衛隊放在眼裡的鑪七實也學會了這門技法。

她用雙眼學會了真庭忍法及凍空一族的天生神力，如今又學會了死靈山神衛隊的通靈術；只是通靈術並非武功，學是學會了，卻派不上用場。

然而七實甫學新招，總想試上一試，因此她便趁搭船前往四國之際試演了一次通靈術。

現身於七實眼前的是，她的父親鑢六枝及母親鑢砌。

這兩道人影看來清清楚楚，並不模糊。

「……哦！」

七實恍然大悟地點了點頭。

「原來是這麼回事啊！」

接著，七實聽見了他們的聲音。

首先是父親六枝的聲音。

——七實。

——妳——

——妳太——

——太——異於常人——

——我——

——我不能——

——不能養育妳——

——妳——

——妳是——怪物——

——不該出世。

母親砌的聲音也跟著響起。

——可憐——

——可憐的——孩子——

——可憐的孩子——

——妳——實在——太可憐了——

——妳連死——

——也不能死得痛快點兒——

——求生不能——求死不得——

——半死不活——

——與其——

——與其苟延殘喘——

——倒不如一死百了。

「……無聊。」

七實停止通靈。

真是門無聊的技法，不就只是記憶麼？這些物事早在我的心裡，無時無刻不想起，何須使什麼通靈術？

「消失吧！」

七實喃喃說道，兩道如夢似幻的人影便應聲消失。

「用不著你們來催我。」

此後，鑢七實未再用過死靈山神衛隊的通靈術。她順風揚帆，一路直打四國而去，為了便是去見唯一接納她的家人——

容得下鑢七實的一切，真心喊她一聲姊姊的弟弟。

■
■

「好，不，該說壞才是——我明白了。」

見七實二話不說便點了頭，奇策士咎女雖然如願以償，困惑之情卻也不禁流露臉上。

「妳似乎很意外？」

七實回道：

「其實意外的是我啊！咎女姑娘。時隔七天，我還以為咎女姑娘與七花早已死心，打道回府了呢！」

「……好說。」

咎女雖然怒上心頭，卻無法嚴辭反駁；因為七花固然沒夾著尾巴逃回去，但他這七天來鎮日垂頭喪氣，渾渾噩噩，卻也是事實。

話說回來，七花打道回府，能回哪裡？那座如今已空無一人的不承島麼？

「…………」

眼下咎女正在七實房裡與她會談。

清涼院護劍寺內堂向來是女眷止步，然而七實卻破例住進了內堂。思及她在這個聖地之中無法無天的行徑，也難怪寺方要屈服於她的淫威之下了。

護劍寺歷史悠久，寺僧人人敬重，七實竟將他們呼來喝去，簡直是膽大包天——實際上，她也確實是天不怕、地不怕。

咎女狠狠賞了不圖振作的七花幾腳之後，便直打七實的房間而來。她早知道七實住哪間房，卻和七花一樣，一直沒來拜訪；因為她將全副心力都花在準備之上了。

在她張羅完畢之前，不能讓七實察覺她的動靜，更不能讓七實瞧見她布下的機關。

如今準備終於完成，七花也已重新振作，萬事俱全，只欠談判；是以咎女親訪七實，提出再戰之議，而七實竟是一口答應。

咎女才剛說完來意，七實便回答：

「我明白了。」

雖然她沒明白說好，卻已代表同意。

「爾肯接受，自然是再好不過……」

「我沒理由拒絕啊！」

七實說道。

「因為我是把刀。」

「……七花曾說過，刀拿刀並無意義——」

咎女喃喃說道。

「——除了勝過爾，沒有其他條件能換取爾胸間的惡刀『鐚』麼？……七花與爾有何想法，我不清楚，不過我並不願看爾等姊弟相殘。」

「……咎女姑娘的人還是一樣好。」

七實露出冷笑。

「當初我便是因為如此，才將七花交給妳，說來不該有怨言；可是我萬萬沒想到妳竟會把七花當人看待。」

「…………」

咎女默默無語。

七實又自顧自地繼續說道：

「那孩子的心腸變得好軟。他在島上的時候明明是把鋒利的刀，可現在卻像是生鏽了一樣。」

「生鏽？」

咎女苦笑。

「我在島上可曾提過薄刀『針』的主人鑄白兵？他正是如此形容自己——在下便是一把鏽了的斷刀。」

「斷刀？或許這樣比較好呢！……不，該說比較壞吧？」

七實繼續說道。

「我看我也該橫下心來，把七花給折斷才是。」

「這話也太駭人了。」

「駭人？這是什麼話？我和七花今晚要做的事更駭人呢！手足相殘，豈不駭人聽聞？」

「……不能改成點到為止麼？」

「沒這個必要。」

「是麼？那我就不再多說了。」

說完這句話，咎女便打住了話頭。事關劍客的原則，她不便過問。

「對了，咎女姑娘。」

這回輪到七實起話頭。

「七花還沒說溜嘴吧？」

「…………」

咎女立刻便明白了七實所指何事。

而遺憾的是，答案是否定的。

「很可惜，那兩件事我都知道了。」

「哦？」

七實掩嘴苦笑。

「唉，其實我也料到了。」

「爾也知道我的來歷？」

「對。不過，護劍寺雖已被我占領，畢竟仍在幕府管轄之下，不適合談這件事。」

年紀輕輕便位居幕府要職，但來歷背景卻無人知曉的奇策士咎女，其實是先前大亂主謀——奥州地頭蛇飛驒鷹比等的女兒。

飛驒鷹比等乃是家鳴幕府的亂臣賊子，而手刃飛驒鷹比等，平定大亂的大亂英雄，正是鑢七實與鑢七花之父鑢六枝。

換言之，對於奇策士而言，家鳴幕府便是滅門仇人，而七實與七花則是殺父仇人的兒女。

這段因緣說來奇妙，然而咎女明知這層關係，卻還是去了不承島，或許可說是歷史的安排吧！

「看來咱們倆都為了父親而吃了不少苦頭。」

「是啊！」

大亂英雄之後被流放外島，七實與七花也遭了池魚之殃。

「這麼一提，咎女姑娘可知道我爹流放外島的理由？」

「嗯，聽說當年六枝前輩仕宦於戰國六大名之一徹尾家，卻開罪了上司，是以遭黜。」

「沒錯。不過，咎女，其實這並非我爹之過。」

「什麼？」

「是我娘的過錯。」

七實說道：

「我娘是徹尾家的人——當然，我沒有掀舊帳的意思。之前我也說過，我並不怨恨幕府。」

「……什麼意思？」

「站在徹尾家的立場，自然不願張揚此事，所以奏章上是如何交代的，我不清楚；不過徹尾家之所以將我爹流放外島，其實是因為懷疑我爹殺了我娘之故……仔細一想，這等嫌疑可不是流放外島便能了事，理該斬首示眾，再不然也得切腹。唉！或許徹尾家便是念在他平定大亂有功，才放了他一條生路。」

「是真的麼？」

咎女不知該不該問，卻還是忍不住問道。

「鑪六枝真的殺了自己的妻子？」

「這就不得而知啦！如今真相只在五里霧中……不，該說在蒙古之中吧？最後請來的那名大夫也是個蒙古大夫，嘻嘻！」

「這笑話不大好笑……」

「好不好笑並不重要。」

咎女知道七實與七花的母親鑢砌早已過世，她與七花也曾數度談及此事；然而七花提起母親之時，總說他娘是染病身亡，還說他不記得娘親的模樣。

「我倒還記得。當時我還沒培養出這股『眼力』，不過我記性向來很好。」

「我想也是。」

「我娘專愛興風作浪，她會死得比體弱多病的我還早，只能說是報應——雖然人家都說禍害遺千年。我爹向來不對七花提起我娘，所以七花也沒深思過我娘之事……那孩子對於母親以及女人方面的事總是懵懵懂懂的，是不？」

「嗯……我也這麼覺得。」

「妳一定常懷疑自己是否不夠嬌媚動人吧？」

「我才沒這麼想過！」

咎女怒吼，因為她確實想過。

七實吃吃笑了幾聲。

七實從前便常露出這種不懷好意的笑容，但這回還是她到護劍寺以來頭一次展露，看來邪氣十足。

七花曾說惡刀不適合他的姊姊，但咎女見了七實這副神態，卻覺得七實與惡刀「鐚」真是再相稱不過了。

「唉，別提我娘的事了。咎女姑娘，方才妳說妳兩件事都知道了，這麼說來，妳也知道了我爹的死因？」

「嗯，沒錯。」

這件事與咎女之父飛驒鷹比等之事不同，無須避諱，可要在寺院這種地方提起，卻也不大妥當。

「——六枝前輩是被七花所殺，是吧？」

咎女說道。

「對。」

七實點頭。

「聽了這事，妳作何感想？」

「還能怎麼想？我也沒立場說什麼。」

聽聞殺父仇人——在咎女眼前砍下了飛驒鷹比等首級的鑢六枝已死時，要說咎女無動於衷，便是違心之論；不過聽聞鑢六枝是死在七花手下之時，咎女卻是滿心驚訝，接著便不再多想。

因為她認為不該妄自揣測。

「若是我胡亂非議武術門派的思想，便不配稱為奇策士了。」

「門派思想？」

七實微微側首，隨即會意過來，說道：

「哦！咎女姑娘，妳是否誤會了？有些門派的武功代代單傳，弟子須得殺師方能學成下山，莫非妳認為七花便是為此殺了我爹？」

「——不是麼？」

咎女一心以為七花乃是為學藝而殺父，然而仔細一想，七花並未這麼說，只是咎女一廂情願而已。

「那麼是六枝前輩與七花練武之時出了意外而喪命？」

「不是。」

七實說道：

「其實七花都說了那麼多，若是妳追問，他定會全盤托出的。也罷，難得有這個機會，便由我來告訴妳吧！七花他啊，是為了我而殺了爹的。」

「……咦？」

聞言，咎女一陣愕然。

為了七實？

「唉，說來是我太大意，竟讓我爹察覺我能觀習。枉費我對我爹守了這個祕密十九年……」

「是了……六枝前輩不願爾變得更厲害，所以沒教爾任何武功。」

七實便是因此自創了觀習這門功夫。

七花知道七實自創武功，但六枝並不知情。

莫非──

「如妳猜想，是七花說溜了嘴。」

「…………」

這小子口風真鬆啊！咎女不由失笑。

然而她的笑意立刻被七實的下一句話打消了。

「所以我爹便打算殺我。」

七實淡然說著。

「他是趁著我睡覺之時下手的。」

七實神色平靜，彷彿說的是別人的故事，別人的回憶。

「其實我就是死在我爹手下也無所謂，但七花發現了，便殺了我爹。」

鑢六枝根本不是為門派思想而死，竟是因骨肉相殘而亡。

咎女不由得啞口無言。

「可、可是——」

她勉強擠出一絲氣力，問道：

「七花那麼尊敬六枝前輩——」

「那孩子是把刀。」

七實說道。

「我爹亦是一把刀，而我也是。更何況我們關在無人島這座籠子裡生長，原本便無法以常理衡量。唉，其實除了想殺我這一點以外，我爹對於七花而言，是最好的父親及師父。」

七實又說道。

「七花不記得我娘，也不知道我爹或許殺了我娘，但他對於流放外島的遭遇卻毫無怨言……該說他體貼懂事麼？」

「…………」

「言歸正傳，咎女姑娘，妳知道我為何提起這件事麼？」

「妳的意思是──」

咎女回答七實的問題。

「對鑢家而言，自相殘殺乃是家常便飯？」

「沒錯。」

七實微笑，笑得不懷好意。

夫有殺妻之嫌，女險些死於父手，而子又弒父。

鑢家便是如此。

因此即使姊弒弟，弟弒姊，也不足為奇！

「所以若是咎女姑娘不願見手足相殘，請回尾張去吧！我或七花──贏了的那個人自會到尾張去找妳。」

「……爾的意思是，若爾勝了，爾願助我集刀？」

「不錯。」

七實竟點了頭。

她這話似是為了蠱惑咎女，不知有幾分真心。

「若不能助妳集齊刀劍，就無法洗刷我爹的汙名，不是麼？當初我把七花借給妳的條件，便是替我爹平反啊！」

「……確是如此。」

然而在聽了方才的一席話後，此事便不再是做兒女的一心為父平反那麼單純了。

七實的父親從未好好栽培她，甚至還曾對她下毒手，但七實仍想替流放外島的父親平反？

戰國六大名徹尾家家臣鑢家，實在是令人匪夷所思的一族。

「所以若是七花出師未捷身先死，也只能由我來代替了。弟弟闖了禍，做姊姊的自然得替他收拾——」

「……也不想想是誰害他闖禍？」

見七實耍起嘴皮子，咎女亦回以諷刺。

「本土的空氣對爾而言，不是太汙濁了麼？算爾運氣好，碰巧找到了這把活化生命的惡刀『鐚』。一個離了島便活不下去的人能夠千里迢迢地跑到蝦夷和陸奧去，也算是一大奇蹟啦！就連七花也險些凍死在踊山呢！」

「為了我最疼愛的弟弟，自然是赴湯蹈火，在所不惜了。」

七實並不把咎女的諷刺當一回事。

「不過惡刀『鐚』的確是幫了我不少忙。」

「……說到這兒，爾是如何渡海的？那座島上應該沒有船隻才是。哦，真庭忍軍曾找上爾，莫非爾便是搭著真庭忍軍的船渡海的？」

「不，我是靠著忍法足輕步海而來的。」

咎女滿臉不耐，只回了句：「是麼？」

真庭忍軍真是成事不足，敗事有餘……

真庭蟲組是在咎女與鳳凰結盟之前登島，咎女沒權利埋怨他們，但她仍是忍不住暗自咕噥。

「無論如何，我沒打算用七花以外的刀，更不想和爾一道旅行。」

「這話可奇怪了，刀不過是消耗品啊！」

七實說道。

「斷了自然該找把新的來代替。」

「…………」

「容我再請教一事。」

七實望著咎女，目不轉睛，上下打量，仔細端詳。

「待刀劍集齊之後，妳打算如何處置七花？」

這件事並不適合於此地談論，因此七實沒把話說白；然而對咎女而言，七實的言下之意是再明白不過了。

虛刀流於咎女有殺父之仇，身為掌門人的七花自是首當其衝，咎女打算如何處置他？

「我倒也罷了，但妳可得好好對待七花。刀是消耗品，不過若妳有心把他當人看待——」

「……要怎麼做，是我的自由。」

咎女硬生生地打斷話題，起身說道：

「我有我的做法，輪不著爾過問。我只是希望七花有所覺悟。」

「覺悟？這對我而言，又是個難以理解的字眼。」

「我想也是。」

「也罷，那我就等著見識咎女姑娘的手段了。」

七實從咎女身上看出了什麼端倪，不得而知；她如何解讀咎女的一番話，亦是無從分曉。只見七實點了點頭，說道：

「七天前妳未做任何安排……不過今晚妳便會出手吧？不，不是出手，而是出計，是麼？」

「無可奉告。」

「別白費工夫了。」

七實對咎女說道，語氣之間充滿挑釁與輕蔑之意。

七實和七花不同，連在心理戰上都能發揮她的天賦異稟。

「無論妳有什麼錦囊妙計，對我的眼睛都不管用。只消我這雙眼一瞧，連妳的計策都得歸我所用。我這門觀習是來者不拒，只要見了，不管我願不願意，一律照單全收，連偷學的念頭都不必動。」

「哼，聽爾這口氣，似乎是學會了什麼並不想學的功夫？」

死靈山神衛隊。

通靈術。

爹。

娘。

「…………」

當然，咎女並不知箇中原委，只是接著七實的話尾說話罷了；然而這更證明了咎女與七實根本是八字對沖。

咎女續道：

「我出的計策可是奇策，任憑爾的眼力多麼利，我也能出奇制勝。」

「很好……不，或許該說很壞才是？無論妳有什麼奇策，儘管放馬過來，我拭目以待。」

七實不再反脣相譏，看來她的確很想見識咎女的「奇策」。

「用完晚膳後，到第五道場去便行了吧？」

「唔？哦……不，不是去道場。」

咎女宛若此時才突然想起似的，口吻便像是在談論一件無關緊要的小事。

「不是麼？」

「爾等的決戰之地不該在道場，而該在戰場。我可不願意又像七天前那樣不了了之，這次定要分出勝負，不可再拖——所以我要爾等在佛像面前決鬥。」

「……佛像？」

「不消說……」

咎女從容一笑，說出決戰地點。

「便是舊將軍頒布滔天惡法獵刀令，蒐羅十萬把刀鑄成的刀大佛。」

五章 新七花八裂

■

■

刀大佛。

仔細一想，七花雖然盼了一路的刀大佛，然而自他七天前來到清涼院護劍寺以來，卻始終未有機會見識，直到此時此刻方才得償夙願。

因為他甫踏入聖地，便被推上前線，與七實決鬥；至於決鬥之後，更是無庸贅言了。

七花抬頭仰望刀大佛，只覺得龐大無比。

一般而言，大過一丈六尺的佛像，便稱為大佛；而這座刀大佛少說也有十丈高，即使舉頭瞻仰亦難以窺得全貌。

刀大佛以十萬把刀鑄成，四條手臂上都握著刀劍，臉呈怒容，與一般佛像相去甚遠，乃是武人的象徵。

環繞大佛築成的護劍寺本堂亦是寬闊無比，四處皆有粗大的柱子聳然矗立。

時刻已晚，險峻的鞘走山中一片昏暗，唯有屋舍之中燈火通明，亮如白晝。

本堂之內備有大量燭臺，以俾照耀刀大佛之用。數百枝蠟燭把本堂之內染得一片橙紅，搖曳的橙光從四面八方投射於巨大的佛像之上，七花便在亮晃晃的光線之中瞻仰著刀大佛。

舊將軍頒布了惡名昭彰的獵刀令，搜刮日本各地的刀劍，集得了十萬把刀，十萬把武士的靈魂。

七花被當成一把日本刀養大——當然，現在的他仍是一把不折不扣的刀——因此一見刀大佛便感觸良多。

這種感觸與他見到四季崎記紀完成形變體刀時的共鳴感全然不同，是種震懾人心的壓迫感。

「我說這話或許會破壞你的感動……」

迎面而立的七實對七花說：

「聽說這座刀大佛……除了刀劍以外，還摻雜了不少金銀之類的昂貴金屬，並非光用刀劍鑄成。唉，要建造這麼大的佛像，十萬把刀自然是不夠了。」

「……姊姊還是老樣子，一點兒夢想都沒有。」

聞言，七花移回視線。

「幹麼淨說這些煞風景的話？」

「這是什麼話？」

七實嘆了口格外適合她的氣。

「以我這種身子，豈能有夢想？這一點你應該再清楚不過了。我無法作夢，也無須作夢。」

「現在不然了吧？」

「是啊！」

七實照舊穿著法衣，雖然她未再袒胸露背，可以想見胸口之間依然插著那把苦無——惡刀「鐚」。

她的氣色亦有改善，不過臉色仍顯蒼白，只有七花看得出那些微的變化。

七花暗想，或許七實只要持續插著惡刀，有一天便能痊癒。

健康是七實夢寐以求的物事。

七花當然也希望姊姊能夠不藥而癒，但他總覺得不對勁。不知何故，他覺得七實佩帶惡刀「鐚」的模樣極為怪異。

「現在的我，該叫做惡刀七實吧？」

七實說道：

「你愛看大佛，我也不想攔你；不過七花，你膽子倒挺大的，居然敢在我的跟前觀光遊賞啊！」

「我沒這個意思。姊姊，我再問一次——」

「囉唆。」

七實不讓七花說完。

「無論你問上幾次，答案都一樣。除非你能勝過我，否則我絕不交出惡刀『鐚』。你想為主子奪得這把刀，唯有贏過我一途。」

「…………」

「抱著殺我之心進招吧！」

說著，七實擺出了無架勢的起手式——虛刀流第零式「無花果」。

「我也會抱著殺你之心出招。」

「……姊姊。」

「我可是很讚賞你再次挑戰的勇氣，別讓我失望。出招吧！」

七花依言擺出了起手式，只見他雙足前後平行，沉腰紮馬，上半身微微前傾，豎起一雙肉掌，手肘亦是前後平行，成直角狀。

這正是虛刀流第七式——「杜若」。

鑢七實與鑢七花使出的起手式俱與七天前相同。

「哼！」

七實望著七花，目不轉睛，上下打量，仔細端詳。

「你變得鋒利些啦！鏽也少了一點兒。不過……還是不上不下，不冷不熱的。對了，七花，『七花八裂』的缺點你可改過來了？」

「那當然。雖然法子不是我自個兒想的……」

七花說道。

「不過我可是改得徹徹底底！」

「是麼？也對，否則便無再戰的意義了。」

「接下來我使的『七花八裂』乃是姊姊初次見識，決計不能像七天前那般輕易閃過！」

「或許吧！」

七花擺出起手式迎戰之後，表情顯得肅穆凝重，然而七實卻是一派悠哉。

「無花果」不僅無架勢，亦無表情，保持平常，保持自然。

神色自若的七實對著牆邊觀戰的奇策士喚道：

「咎女姑娘。」

此時本堂之內除了劍拔弩張的七花與七實之外，只有咎女一人。右衛門左衛門已返回尾張，自然不在本堂，而護劍寺僧亦不在場。身兼公證人的咎女則站得遠遠的，以防捲入二人的龍爭虎鬥之中。

袖手倚牆的咎女回道：

「何事？」

「請妳發個號令吧！再拖下去也沒意思。」

「……說不定這是爾等最後的對話了，不如再多聊幾句吧？」

「都到這個關頭了，還說這種話？」

七實不懷好意地笑道，看來邪氣十足，與惡刀「鐚」可謂是相得益彰。

「別擔心，這肯定是最後的對話，我不會再讓這場決鬥不了了之。七花，你還記得你殺了爹的事麼？」

「……當然記得。」

七花回答，依舊維持著起手式。

「提這事做什麼？姊姊。」

「沒什麼，只是想起那時我沒向你道謝。不過我並不感謝你，所以我現在也不道謝。其實我就是死在爹的手下也無所謂。」

「…………」

「被殺了也好，反正活著也沒意思。」

「姊，妳──」

「所以了……」

七實說。

「這回你可別失手。」

語畢，七實又轉向咎女，並不等七花回話。

「好了，請妳快發號令吧！……莫非妳是故意拖延時間，好施展妳的奇策？」

「……知道了，知道了！」

咎女不耐地彈了下舌頭，閉上眼睛，半是自暴自棄地舉起手臂。

「非要殺個你死我活便殺吧，刀姊弟！我不再勸阻了，隨爾等高興！」

接著咎女的手用力一揮。

「比武開始！」

這一瞬間，便是奇策士咎女的奇策施展之時。

■

■

無論奇策士布下何種機關，鑢七實都有立即應變的自信。老實說，此時七實放在決鬥對手七花身上的注意力，尚不若放在公證人咎女身上的注意力多。

七實最為提防的便是暗箭。也許咎女已在本堂之外或刀大佛之後伏下殺手，使用火槍偷襲。

然而七實並不怕火槍。想當初真庭蜜蜂的忍法彈指撒菱素有百發百中之譽，能準確打中二十丈外的對手，卻還是被七實輕鬆識破，反將一軍。

是以七實雖懷提防之心，卻也明白奇策士布下的機關並非暗箭。這種機關太過尋常，稱不上奇策。

那麼咎女究竟出了何種奇策？七實完全無法預料。

不，不然，七實是無須預料；因為她只消瞧上一眼便能明白。沒有任何機關能逃過七實的法眼。

觀習。

觀看。

打量。

端詳。

審視。

鑑別。

識破。

奪取。

見——視——觀——診——看。

那眼神便如觀察，又若診驗。

有了這雙眼，無論奇策士布下何種機關，鑢七實都有立即應變的自信。不過——

「————！」

咎女一宣布比武開始，七花便全力進攻。上回他虛晃了二十四招，但這回卻連半記虛招也未出。

正當七實定睛細看之際，突然給遮了眼。

在這種緊要關頭，七實始終杏眼圓睜，連眼也不眨一下；究竟是何方神聖，竟能遮去她眼目？

原來被遮去並非她的眼目，而是本堂。將本堂照得通紅的數百枝蠟燭突然一齊熄滅，令本堂陷入了一片黑暗之中。

「……………！……………！」

——原來如此！

七實登時意會過來。

咎女不在道場比武，卻選在本堂這種龍柱四立、有礙七花施展手腳的地方決鬥，又將決鬥時間訂於夜晚，原來便是為了這個理由！

坐擁刀大佛的清涼院護劍寺本堂，乃是唯一點燃大量蠟燭卻不啟人疑竇之處。

倘若選在道場比武，或許七實便能看穿咎女的企圖。道場裡點燭，乃是用來替七花與七實照明，七實自然會留心；然而本堂的蠟燭乃是為了照耀刀大佛而設，七實便沒放在心上了。

——莫非連我都懾於刀大佛的壓迫感之下了？

這七天來，奇策士四處蒐羅蠟燭，並將集來的蠟燭與本堂之中的蠟燭掉了包。

當然，她並未在蠟燭上動手腳。若是動了手腳，七實的眼睛立刻便能識破。

蠟燭本身尋常無奇，長短之中卻是暗藏玄機。

在奇策士的精心安排之下，所有蠟燭都在同一瞬間燃燒殆盡。

要計算一根蠟燭燒盡的時間並不難，要讓兩根蠟燭同時燒盡亦非難事；既然如此，要讓數百枝蠟燭同時燃燒殆盡，自然也不是不可能了。

而奇策士便付諸實行。

蠟燭長短相同，難免惹人起疑，因此咎女便得去尋找各種材質不同的蠟燭來粉飾外觀。而蠟燭多達數百，頭一枝點起的蠟燭與最後一枝點起的蠟燭燒盡的時間自然不同，為使燭火同時熄滅，又得費盡心思截長補短。

這些工作勞心勞力，繁多複雜，一般人光是想像便要大犯頭疼；然而咎女並未借助寺僧之力，全是一手包辦。畢竟護劍寺已被七實占領，寺僧雖非七實黨羽，卻也不敢襄助咎女。

只見燭火於消失前的那一瞬間大放光彩，緊接著便是一片漆黑，伸手不見五指。

夜幕低垂。

原本七實在黑暗之中亦能視物，但此時四周便如突從白晝轉至深夜，明暗差距太甚，竟蒙蔽了她的眼目！

只消瞧上一眼，任何奇策七實都能應付；然而面對看不見的奇策，七實卻是無計可施！

「唔，嗯！」

見識了這條奇策，七實未先驚疑，反而嘖嘖讚嘆；只不過在這種狀況之下，驚疑與讚嘆都是一樣的意思。

她沒料到咎女竟會為了區區的決鬥而如此大費周章。七實方才笑問咎女是否故意拖延時間，誰知竟是一語成讖。咎女耳聽七實姊弟交談，嘴上適時敷衍應答，腦中的時鐘卻是分秒不差，將時間捉得精精準準；待她宣布比武開始，手臂一揮，蠟燭便應聲熄滅。

在這過程之中，咎女未曾瞥上蠟燭一眼，手法之巧，教七實也不禁目眩神迷。

「……喝啊啊啊啊啊啊啊！」

至於虛刀流第七代掌門鑢七花，自然是早有準備。

咎女事先便已告知比武開始之後所有蠟燭即會熄滅，燈火通明的本堂將陷入一片黑暗之中。

然而知情歸知情，七花占得的好處只有臨變不驚一項，仍舊逃不過黑暗的擺布。這條計不分敵我，並非只對七實奏效。

不過既然事先知情，便可順應狀況，籌策戰略。是以七花這回未出半式虛招，打一開始便全力進攻。

七花摸黑欺進七實身前，使出了虛刀流第四式「朝顏」。

七實向來依賴雙眼，黑暗中無法立即反應。

「接招啦！姊姊。」

「七花八裂」的弱點，便是使出第四絕招「柳緑花紅」時產生的破綻；咎女點出了這個破綻，並指點七花由「柳緑花紅」起招。然而七花並未因此滿足；為了主子咎女，他精益求精，力求改進，最後得出了一個結論。

「柳緑花紅」須得蓄力方能使出，因此造成破綻；但要論這一節，其他六式絕招或多或少，一樣也得蓄力，只是所費的時間不若「柳緑花紅」長罷了。

既然將「柳緑花紅」變個順序便能減少破綻，那麼在七式絕招的五千零四十種排列組合之中，一定也有一種最適當的順序，可以造就一套破綻最少的套路。

七花雖然蠢笨愚鈍，卻絞盡腦汁，拚命思索：要如何排列，才能造就破綻最小，威力最大的「七花八裂」？

於是乎，七花將五千零四十種套路減為七百二十種，又從七百二十種中精挑細選，揀出了最好的一種。

第四絕招・「柳綠花紅」。
第一絕招・「鏡花水月」。
第五絕招・「飛花落葉」。
第七絕招・「落花狼藉」。
第三絕招・「百花繚亂」。
第六絕招・「錦上添花」。
第二絕招・「花鳥風月」。

照這個順序同時使出七式絕招，便是——

「虛刀流最終絕招，『新七花八裂』！」

■ ■

真正的黑暗並不常見；只要經過一段時間，人的眼睛便能習慣黑暗，更何況此時的本堂還有窗外射入的星光照耀。

咎女的奇策，其實只在蠟燭燒盡的那一瞬間發揮作用。

護劍寺本堂之中一片昏暗，留下的只有結果。

奇策士咎女定睛細看，只見鑢七花收招而立，鑢七實則倒在不遠之處。這個素有怪物之稱的天才，居然貼地倒下了。

「……咎女。」

見狀，咎女啞然無語，直到七花呼喚方才回過神來。

「何——何事？」

「妳瞧。」

咎女依言觀視，只見七花手上握著一把苦無，正是惡刀「鐚」。在一陣摸黑攻防——不，是七花單方面進攻之後，七花從姊姊的胸口上拔下了惡刀。

「惡刀到手啦！」

七花將苦無朝著咎女擲去，咎女身手不濟，只得先閃到一旁，待苦無插入地面之後再小心翼翼地拾起。

一碰到苦無，咎女的指尖便微微發麻。

是了，這把惡刀帶電。不知是如何打造而成的？

總而言之，如此一來——

「這是第七把刀了。」

繼絕刀「鉋」、斬刀「鈍」、千刀「鎩」、薄刀「針」、賊刀「鎧」與雙刀「鎚」之後，咎女終於奪得了第七把刀。

「……七實呢？死了麼？」

「不，應該沒死。姊姊果然厲害，方才雖然伸手不見五指，她還是擋住了『新七花八裂』，我的掌力只中了三分，能把惡刀『鐚』奪來已不簡單啦！幸虧四周漆黑，她看不分明，我的新絕招才沒讓她完全擋開。」

七花望著一動也不動的姊姊，說道：

「這回和錆白兵之戰一樣，沒什麼打勝仗的感覺，大半都得歸功於咎女的奇策……不過好歹也是分出了勝負。真虧妳想得出這條遮天蓋日之計，封住了姊姊的雙眼，想必費了妳不少手腳吧！」

「對手非同小可，自然得大費周章。這回可真是勞神傷財啊！瞞著七實與寺僧暗布機關，費了我好一番工夫。幸好辛苦有了代價。」

「嗯，是啊！」

「說歸說，這種賭運氣的計策只能用一次，若是爾的『新七花八裂』沒打中，可就沒戲唱了。爾構思的這套套路倒是不賴啊！」

「還得再琢磨琢磨呢！好了，這些話以後再說吧！咎女，能不能先替我請個大夫？沒了惡刀，我姊便是光躺著也有生命危險。」

「是了……本土的空氣對她而言太過汙濁……好，我這就——七花！」

咎女一吼，七花立刻反應過來；他視線一轉，轉到了七實身上。

原來咎女方才看見倒臥在地的七實似乎微微動了一動。

「…………！」

七花連忙擺出第七式「杜若」備戰，然而七實並無動靜。

「咎、咎女——」

「別移開視線。該不會……」

若是這「該不會」成了真，情況便大為不妙。

故技不能重施，卻又別無他計可施，屆時一翻兩瞪眼，咎女二人便得輸得精光。

雖然惡刀「鐚」已落入咎女手中，但七實的天賦異稟仍在。咎女一籌莫展，七花自然亦是束手無策。

倘若方才那一著未能底定大局——

「……唉！」

果不其然，躺臥在地的鑢七實嘆了口再適合她不過的氣。

「看來是我太天真啦！」

七實不疾不徐地坐起上半身來。

不知是挨了七花招數或是倒地時撞擊所致，七實衣冠凌亂，胸襟大敞；只見她胸口之上有個窟窿，正好位於惡刀「鐚」原先所插之處。

那部位未流半滴血，只是一片空洞，似虛無，又似世上並不存在的真正黑暗。

「以惡刀『鐚』這種似刀非刀的西貝貨來調節自身修為，活化生命，平息奔騰澎湃的真氣……又以觀習來取人之短，截己之長——」

鑢七實站了起來。

「就為了多活個一年半載……憑這副德行也敢妄想和人一決生死，看來不上不下、不冷不熱的人是我啊！」

「…………！」

一般人都以為觀習這門功夫是用來提升自身修為，精進武藝；然而鑢七實偷學旁人武功，卻是為了取人之短，截己之長，以降低自身修為，延長壽命。

對於鑢七實而言，觀習不是用來強身，而是用來保命；因此她才勤習旁人的功夫，舉凡真庭忍法、凍空一族的天生神力、死靈山神衛隊的通靈術、護劍寺流劍法，甚至虛刀流本門武功，無一放過。

「……姊、姊姊──」

難怪七花總覺得古怪，覺得惡刀「鐚」與鑢七實並不相合。

四季崎記紀打造的惡刀雖然活化了七實的生命，卻也壓抑了她的修為；對她而言，惡刀「鐚」便如一副為了保命而不得不戴上的手銬腳鐐。

「……出招吧！七花。」

說著，七實擺出了起手式。

不，她並無架勢；這與她過去慣用的虛刀流第零式「無花果」不同，當真是架勢全無，只是翩然而立。

就連不懂武功的咎女也看得出——不，正因為咎女不懂武功，方能看出眼下的鑢七實已是返璞歸真，變回原原本本的鑢七實。

現在的七實和凍空粉雪一樣，不成任何格式；然而七實與凍空粉雪不同的是，她並非不懂武功的門外漢，而是個天才！

「我還活著呢！快殺了我吧！」

「姊、姊姊——」

七花懾於七實的威勢，渾身顫抖不止。

此時七實並未使出她的眼力，卻吞噬了七花——恐懼與實力差距化為巨浪，吞噬了七花。

身無武功的咎女並無感覺，然而七花修為匪淺，反而明白姊姊有多麼可怕。

「住——住手！」

咎女大喝，聲音嗡嗡地迴響於本堂之中。

「這麼做有何意義？惡刀『鐚』已經落入我的手中，一切都結束了！爾等沒理由再戰！」

「……囉唆。」

七實平靜地說道。

只見她衣袖朝著咎女一揮，也不知動了什麼手腳，咎女的白髮居然一直線地齊肩斷落。

「…………………！」

那道直線正好與咎女的頸子齊高。

七實這招出得鋒利精準，咎女那纖細的脖子沒跟著招牌白髮一齊斷為兩截，著實教人嘖嘖稱奇。

啪沙一聲，

白色髮絲散落於咎女的腳邊。

「怎、怎麼回事？隔得這麼遠，她是怎麼……」

「下回就輪到妳的項上腦袋了。」

七實笑道，笑得不懷好意。

失去了惡刀「鐚」並無損她的邪氣。

「這下可好了，七花……你有了打下去的理由。」

「……妳竟敢切斷咎女的頭髮？」

七花的顫抖戛然而止，神色凜然，毫不畏懼地瞪著七實。

「姊，我饒不過妳。」

「你喜歡長髮女子麼？這一點也和爹一模一樣，老實說，我看了很不痛快。」

七實完全不把七花的怒氣當一回事。

「這回我就不拔草，改摘花吧！」

「有本事便試試看！不過屆時只怕姊姊已被大卸八塊。」

如今的狀況，已不容咎女置喙。

雖然惡刀「鐚」已落入咎女之手，事情卻還沒了結——不，根本尚未開始。

姊弟對決！

前任日本第一高手對上現任日本第一高手！

鑢七實對上鑢七花！

不靠奇策，不出計謀，堂堂正正，一決勝負！

「我乃虛刀流第七代掌門——鑢七花！留心了！」

「無門無派——鑢七實！放馬過來吧！」

■　■

七實原本打算在一瞬間做個了結，可她卻被迫認清現實——她辦不到。

——唉！

七實才跨出一步，便膝頭一軟，跪下地來。不光是腳，她的身子骨彷彿全在一剎那間散了開來，全身皮開肉綻，血如湧泉。

自己的身子，七實再清楚不過了。

——是啊！

我的身子豈能承受得住我的全力？

七實早有自知之明，所以才不斷偷學旁人的武功，觀察父親及七花的一舉一動，取人之短，截己之長，以降低自身修為，延長壽命。

七實的口中有著血的味道，不光是皮肉，連五臟六腑也開始崩解，血管一一破裂，單薄的肌肉寸寸斷裂，纖細的骨頭折為數截。

使出全力的鑢七實連一步也踏不出去。

她不是被拔起的野草，不是被摘下的花朵，而是熟透落地的果實。

——我還以為至少能夠出個一招呢！

或許這便是鑢七實以惡刀「鐚」勉強活化生命的代價吧！

「…………」

七實身子一軟，視野跟著一轉，碰巧轉向了奇策士咎女。咎女那一頭秀麗的長髮被齊肩切斷，如今的髮型便像個稚齡童子一般。

奇策士帶著於心不忍的表情看著軟倒的七實。

——啊！

原來我是弄巧成拙了？

莫非咎女姑娘便是料到會有這種情形，方才故意高聲說那番話來激怒我？

在那種關頭之下，她居然還能出奇策？

她料到我的身子承受不住我的全力，方才冒著生命危險激我出招，以消耗我的氣力？

——怎麼可能？

莫非這便是所謂的覺悟？

七實仍不明白覺悟之意。

她吃吃一笑，笑得依然不懷好意；然而這一笑卻令她力竭難支，眼看著本堂的地板越來越近——

到頭來，我終究得死在病魔手下麼？

——妳不該出世的。

——可憐的孩子。

我是個不該出世的可憐人，求生不得，求死不能，猶如行屍走肉。

我多麼巴望有個人來了結我的性命，是誰都無妨，不過最好是——

「姊姊！」

正當鑢七實雙目漸漸闔上之際，她的弟弟鑢七花衝上前來，竄進了她的身子及地板之間。

他及時趕上了。

——七花。

——我的弟弟。

你總算肯賞我一個痛快了麼？

「虛刀流最終絕招——『新七花八裂』！」

七花毫不遲疑地對七實使出最終絕招。

「…………」

想來是腦裡的血管也斷了，七實的神智開始糊塗起來，腦中好似籠罩著雲靄。

饒是如此，她的身子仍自行反應，將她的天賦異稟發揮得淋漓盡致，而越是發揮，她便越是難以支持。

她格開第四絕招「柳綠花紅」，躲開第一絕招「鏡花水月」，接住第五絕招「飛花落葉」，閃過第七絕招「落花狼藉」，彈開第三絕招「百花繚亂」，卸去第六絕招「錦上添花」，又挾手攫過第二絕招「花鳥風月」，完完整整地擋下了「新七花八裂」。

雖然擋下「新七花八裂」令七實承受的痛苦比直接中招更為劇烈，她仍將七花的招式全數擋下。或許如此才合乎武人過招的禮數。

不過七花並未放棄七實。

七花使完第二絕招「花鳥風月」之後，反手揪住了法衣衣襟，豎掌為刃，朝著七實刺去。

——來不及了。

七實渾身癱軟，已來不及抵擋七花這一掌。

七花的修為遠遠不及其姊，照理說這一掌並不能傷及她半根寒毛。

七實的身子承受不住自己的全力，卻還捱得住七花的招式。

然而七花此時瞄準的乃是七實胸口之上的窟窿，先前插著惡刀「鐚」之處；只見七花的手刀宛如被吸入窟窿之中一般。

——哦，原來如此。

七實想道。

刀欲用刀，便會落得如此下場。

虛刀流並非不使刀劍的門派，而是不善使刀劍的門派。

舉凡虛刀流門人，皆無舞刀弄劍之能。

——爹，我終究是虛刀流之人啊！

「虛刀流——『蒲公英』！」

正所謂千里之堤，潰於蟻穴；鑢七花的手刀深深地刺入鑢七實的胸口。

說來巧合，在虛刀流諸多招式之中，七實最中意的便是這招。

「……………」

險些倒地的七實被硬生生地扯起，往七花壯碩的身子倒去。

「七花。」

明知使力只會令她的身子壞得更快，七實仍絞盡最後的力氣，在弟弟的耳邊輕聲說道：

「七花……你——你……」

你做得很好。

七實打算如此褒勉超越姊姊的弟弟。

多虧了七花，讓她不必死在病魔與自己的才能之下，得以劍客之身，以刀之身，以人之身，以虛刀流弟子之身，以鑢家人之身而亡。

她要感謝最疼愛的弟弟給了她一個痛快。

「……你做得好狠。」

…………
咦？
我似乎說反了？

終章

「原來七實是希望有人來了結她的性命啊！」

■

■

三天後。

奇策士咎女與虛刀流第七代掌門鑢七花來到了港口。十數天前，咎女二人亦是經由此港來到四國；而與七實決戰之後，他們倆便循原路班師回朝。

雖然時間不長，想必鑢七實這個怪物般的劍客——或該說劍客般的怪物進駐劍客聖地之事，將使得護劍寺的威名更加遠播；而七實與七花的決戰，也將與巖流島上的長刀對雙刀之戰齊名，流傳千古。

不過這畢竟是後世之事，折了大半寺僧的護劍寺眼下可謂是前途茫茫。

所幸收拾殘局並非咎女的差事，而是著落到了寺社奉行的頭上。

其實咎女心裡倒也有幾分同情，不過對於分外之事，她無意出口置喙。

至於咎女的分內之事，自然便是集刀了。

岸邊候船的咎女手上拿著一把苦無，正是四季崎記紀打造的十二把完成形變體刀之一，惡刀「鐚」。

雖然惡刀「鐚」價值連城，但一般人決計想不到此刀居然如此貴重，因此咎女便大搖大擺地拿在手中，並不藏匿。

其實別的不說，惡刀「鐚」看上去根本不像是一把刀。

惡刀之上依然帶著電氣，不知是以什麼材質鑄成的……？

過去咎女只要奪得完成形變體刀，便會另行運回尾張；不過這回她得返回尾張，而惡刀「鐚」又有別於賊刀「鎧」及雙刀「鎚」，大小適中（即便小如咎女之手亦能掌握），是以咎女便親自運送。

「我原就懷疑七實何以投身於這種毫無意義的爭鬥，還把爾給拖下水，原來她為的不是別的，就是這件事。我想七實並非是單純尋死；她身子骨原本就弱，死對她而言乃是理所當然之事。」

咎女還不習慣變短的白髮，一面撥弄著髮絲，一面說道：

「或許被殺對她而言，也算不上什麼。然而曾幾何時，她開始冀望死在別人手下。」

病痛與苦楚都是七實的老友，死亡亦然。

向來不把死亡、殺人與被殺當一回事的鑢七實竟冀望死在別人的手下。

「我猜七實會動起這種念頭，便是起因於真庭忍軍的蟲組三人。以七實修為之高，真庭忍軍自然不是對手；不過……她的身子卻承受不住她的修為。」

「何止我姊姊？」

七花說道。

他與咎女相對而坐，視線卻望著天空，兩眼無神，若有所思，與平時的他大相逕庭。

「天下間沒有一副軀殼能承受得住姊姊那般修為。我爹常說姊姊體弱多病，是老天爺給她的懲罰，但我覺得這說法是倒果為因。姊姊便像是吹得過大的氣球，身子骨才會這麼弱。」

「她的天賦異稟不是一介凡人的軀殼所能容納，所以才藉著觀習取人之短，截己之長，降低自己的修為。這道裡就和在滾水裡加入冷水，降低溫度一樣。」

「姊姊的心思，我至今才明白。」

咎女暗自尋思，或許鑢六枝不肯傳授給女兒一招半式，乃是別有用意。

倘若鑢七實不是如此天賦異稟，未曾自創觀習這門功夫，不知如今是什麼下場？

背有殺妻之嫌的男人，一得知女兒有觀習之能，便欲手刃女兒，卻反過來為子所弒。

爹便是死於此人的手下。

「與真庭忍軍一戰，想來便是七實頭一次實戰。她雖然大獲全勝，卻給自己的身子造成了莫大負擔……或許當時七實便已領悟到自己命不久矣——真庭忍軍一戰，損滅了她的壽命。」

「姊姊是天下間最厲害的人。」

七花說道。

「但畢竟不適合與人動武。」

「……………」

「人家都說她天賦異稟，彌補八病九痛，綽綽有餘；可我卻認為她的病痛便是天賦造成的。」

「所以她明知本土空氣太過汙濁，還是毅然出島，渡海來到本土。『七花八裂』的弱點只是七實的藉口，她真正的目的，便是死在爾的手下。」

七實巴望有個人來了結她的性命，而那個人不是別人，正是弟弟鑢七花。

「為此，她特地去奪變體刀，製造比武的理由。她這般心思倒是不難捉摸。」

「巴望有個人來了結她的性命——」

「我無法體會這種心境，不過爾應該懂得吧？」

七實不願死在病魔與自己的天賦之下，她希望死得像個尋常人。她不能選擇活法，於是便選擇死法。

「當初……」

七花望著天空說道。

「姊姊便希望死在我爹手下嗎？」

「她曾說過，被殺了也無妨；不過無妨與希望並不相同。」

咎女回道。

「爾敬愛爾爹，七實亦然，只是她的敬愛之情似乎有些扭曲。」

同是因父親而吃苦之人，咎女能夠明白七實的心境。

「可是啊，咎女。」

七花將視線自天空移向咎女。

「或許姊姊希望死在我手下……」

七花喃喃說道，宛若自言自語。

「可我並不想殺她啊！」

仔細一瞧，七花竟露出了泫然欲泣的表情，教咎女不由得大吃一驚。

——若妳有心把七花當人看待，可得好好對待他。

咎女想起七實之言。

換作半年前，想必七花的心境又會有所不同。

若是半年前的七花，必然是無動於衷——身為一把刀，無須有喜怒哀樂之情。

手刃最愛的姊姊鑢七實，與手刃敦賀迷彩、敬愛的父親鑢六枝並無二致。

然而現在呢？

這半年來與咎女一道旅行，七花越來越不像一把刀，卻越來越像一個人，因此才露出了泫然欲泣的表情。

「…………」
七花心傷，乃是咎女的責任。
雖然七花刀身未斷，心卻斷了，這全是咎女之過。

——我錯了麼？

如七實所言，我不該把刀當人看待麼？
大亂英雄鑢六枝的主子徹尾家並沒把他當人看待，而是當成一把刀對待，因此才成就了這名大亂英雄。
「她的天壽已盡，即便爾沒下手，她也會病死的。」
「如果我沒奪走惡刀『鐚』……姊姊是否便能活下去？」
「不然。」
咎女現出手中的苦無，勸解道。
「七實會死，便是這把惡刀『鐚』造成的。爾說得沒錯，刀豈能用刀？惡刀並非虛有其名，這把刀終究害得七實送了命。」

「這把刀本來放在死靈山裡，聽說死靈山裡到處是鬼怪？」

「不好說是鬼怪，說是幽靈比較妥貼。我這個人素來不信幽靈便是了。這把刀硬生生地讓死靈山這座死山轉活，可畢竟是逆天理而行，難以長久。」

「這麼說來，死靈山也是來日無多了……咱們這趟集刀之旅，真可謂走過之處，寸草不留啊！」

「唉，其實也沒這麼慘烈。」

因幡下酷城人去樓空。

出雲三途神社武裝全失。

周防一戰，日本第一高手易主。

薩摩鎧海賊團象徵被奪。

蝦夷踊山凍空一族全滅，只餘一人。

而聖地清涼院護劍寺亦是死傷慘重。

「……爾不想繼續集刀了麼？」

咎女不疾不徐地問著。

「不想再為了集刀傷害他人了麼？」

「…………」

「為達目的不顧一切，是我的覺悟。這覺悟於我而言重要至極，但畢竟是我個人的覺悟，與爾無涉。若是爾因為這回之事不願繼續集刀，但說無妨。」

「不。」

七花一如往常，立即回道：

「我已經決定為妳而戰，這也是為了我。妳是最要緊的，這一點不會有變。我想為妳盡一份心力。」

「…………」

「這便是我的覺悟。」

覺悟。

七花因親生姊姊而斷了心，卻換得了覺悟。

或許這表示他的刀身也斷了，然而咎女卻覺得這樣的七花比過去還要可靠。

咎女究竟是對是錯，日後才能分曉；不過無論是對是錯，她都不後悔。

「哼！說得倒動聽。眼下我的頭髮變短了，爾可認得出我來？」

咎女為了掩飾害臊之情，便故意消遣七花。

「那是多久以前的事啦！」

七花笑道，雖然笑得有氣無力，畢竟是笑了。

「我喜歡妳的長髮，不過短髮也不賴。姊姊斷髮的技術還挺高明的嘛！」

「是啊！連修剪的工夫都省了。」

「我可以摸摸看嗎？」

「請便，戀髮變態。」

得到允許之後，七花便撫摸起咎女齊肩的頭髮。

對咎女而言，她的頭髮便是憤怒的象徵，恨意的表徵，亦是復仇的大旗。

「唉！」

七花摸著咎女的頭髮，悶悶不樂地嘆了口氣。他和姊姊不同，並不適合嘆氣。

「這下子我和咎女一樣，孑然一身啦！我以前從沒想過一個人會是如此寂寞。」

「孑然一身？」

聞言，咎女皺了皺眉頭。

這小子還是不明白啊！

「別說傻話啦！七花。我孑然一身？爾是在說哪個時代的事？」

「唔？」

「我有爾為伴。」

不是早說過，別老讓我婆婆媽媽地說這些話麼？

「爾也有我為伴，不是麼？」

■ ■

如此這般，咎女二人終於返回家鳴將軍家的地盤尾張城。

奇策士咎女與夙敵尾張幕府直轄稽覈所總監督否定姬即將久違重逢，而否定姬所述的四季崎記紀變體刀內幕消息，將會大大左右今後集刀的方向。

餘下的刀尚有五把。
咎女與七花的旅途越來越接近終點。

（惡刀「鐚」——得手）
（第七話——完）
（第八話待續）

鑢七實

年齡	二十七
職業	無
所屬	虛刀流
身分	一家之主
所有刀	惡刀『鐚』
身長	四尺九寸
體重	五十斤十二兩
興趣	拔草

必殺技一覽

女郎花	⇦⇦⇨⇨突
雛罌粟	⇩斬
蒲公英	⇨斬⇦突
沉丁花	⇦（聚氣）⇨斬＋突＋踢
七花八裂	⇦⇨⇧⇩⇦⇨斬＋突＋踢
觀習	可使用對手的所有招式
惡刀七實	⇦⇦⇦突突突

下回預告

交戰對手	日和號
蒐集對象	微刀·釵
決戰舞臺	江戶·不要湖

後記

這種事一開始想便沒完沒了，所以我盡量不去想——世上最強烈的絕望感，莫過於見識了與自己天差地遠的才能。有些人用不著努力向上、勤勉奮鬥，便是超群絕倫，無人能及。天賦是種聽來很虛假的概念，不過世上有些才能當真只能用上帝的禮物（詛咒？）來形容，而且說來驚人，還不少見呢！人都以為自己是與眾不同的，所以才會碰上挫折；反過來說，正因為是個凡夫俗子，才會自以為與眾不同。對於真正與眾不同的人而言，他的與眾不同之處乃是天生自然，因此往往沒能發現，反而在其他地方上誤以為自己與眾不同，而與一般人一樣遭遇挫折；此時若有觀眾在場旁觀，鐵定要出口提點；不過遺憾的是，現實人生是沒有觀眾的。或許這不能叫做天才的煩惱，不過縱使人外有人、天外有天，那片天也應該有個上限。說來說去，人就是不滿足於現狀；與其眾不同又能代表什麼？做自己便是與眾不同了。有時候才能這種玩意兒，與其放在自己身上，還不如放在別人身上好。這種說法聽來或許像是不求上進，不過真要享受才能的本質，還是不當天才比較好；當了天才，反而便不明白過人者的過人之處了。

本書是刀語的第七卷，也是故事進入後半以後的第一卷，因此自然得來個緊張刺激的橋段——說穿了，便是鑢七實與鑢七花的姊弟對決。故事的舞臺位於土佐，同樣是我最愛的四國，可我總覺得沒能將四國這塊土地描寫得淋漓盡致，頗感遺憾。不過正因為如此，我在描寫姊弟對決之時格外下了工夫，還請各位讀者捧場指教。奇策士咎女的集刀之旅即將邁入尾聲；雖然一開始我對於這套系列的走向並無把握，但如今我寫起來可是比誰都帶勁。希望今後也能替插畫家竹提供更多值得一畫的素材。

還剩五冊！

西尾維新

本書乃應十二個月連續刊行企畫『大河小說 2007』所寫下之作品。

浮文字

刀語 第七話 惡刀・鐚

（原名：刀語 第七話 惡刀・鐚）

作者／西尾維新　插畫／take　譯者／王靜怡
執行長／陳君平　榮譽發行人／黃鎮隆
協理／洪琇菁　國際版權／黃令歡
執行編輯／呂尚燁　美術編輯／李政儀
企劃宣傳／洪國瑋
發行／英屬蓋曼群島商家庭傳媒股份有限公司城邦分公司　尖端出版
台北市中山區民生東路二段一四一號十樓
電話：（〇二）二五〇〇—七六〇〇（代表號）
傳真：（〇二）二五〇〇—一九七九
中部以北經銷（含宜花東）／楨彥有限公司
電話：（〇二）八九一九—三三六九
傳真：（〇二）八九一四—五五二四
雲嘉經銷／智豐圖書有限公司　嘉義公司
電話：（〇五）二三三—三八五二
傳真：（〇五）二三三—三八六三
南部經銷／智豐圖書股份有限公司　高雄公司
電話：（〇七）三七三—〇〇七九
傳真：（〇七）三七三—〇〇八七
一代匯集／香港九龍旺角塘尾道六十四號龍駒企業大廈十樓B&D室
電話：（八五二）二七八三—八一〇二
傳真：（八五二）二七八二—一五二九
馬新經銷／城邦（馬新）出版集團　Cite(M)Sdn.Bhd.
E-mail：Cite@cite.com.my
法律顧問／王子文律師　元禾法律事務所
北市羅斯福路三段三十七號十五樓
二〇二三年九月二版一刷

本作品於2007年於講談社BOX系列出版。

■中文版■

郵購注意事項：
1. 填妥劃撥單資料：帳號：50003021戶名：英屬蓋曼群島商家庭傳媒(股)公司城邦分公司。2. 通信欄內註明訂購書名與冊數。3. 劃撥金額低於500元，請加附掛號郵資50元。如劃撥日起 10～14日，仍未收到書時，請洽劃撥組。劃撥專線TEL：(03)312-4212 ・ FAX：(03)322-4621。E-mail：marketing@spp.com.tw

國家圖書館出版品預行編目資料

刀語 / 西尾維新 著 ; 王靜怡譯. -- 2版.
--臺北市：尖端出版, 2022.09
面 ; 公分. --(浮文字)
譯自:**刀語**
ISBN 978-626-338-406-4 (第1冊 : 平裝)
ISBN 978-626-338-407-1 (第2冊 : 平裝)
ISBN 978-626-338-408-8 (第3冊 : 平裝)
ISBN 978-626-338-409-5 (第4冊 : 平裝)
ISBN 978-626-338-410-1 (第5冊 : 平裝)
ISBN 978-626-338-411-8 (第6冊 : 平裝)
ISBN 978-626-338-412-5 (第7冊 : 平裝)
ISBN 978-626-338-413-2 (第8冊 : 平裝)
ISBN 978-626-338-414-9 (第9冊 : 平裝)
ISBN 978-626-338-415-6 (第10冊 : 平裝)
ISBN 978-626-338-416-3 (第11冊 : 平裝)
ISBN 978-626-338-417-0 (第12冊 : 平裝)

861.57 111012170